가시 그물

가시 그물

윤정모 장편소설

교유서가

초중고 동창생 김영애와

청소년 시절 기둥이 되어주었던

이숙연에게 바친다.

일러두기

- 국민학교, 동사무소와 같은 일부 명칭은 시대적 배경에 따라 당시 표기에 따랐다.
- 일부 외래어 표기는 글의 흐름상 국립국어원 외래어 표기법 대신 통상적 표기에 따랐다.

차례

1

신호가 오지 않는다. 반드시 뽑아내고 가야 하는데, 1시간이 지나도록 소식이 없다. 어젯밤 잠을 설친 탓이다. 불면은 체내 수분을 깡그리 말려버려 배변에 영향을 준다는 사실을 알고 있는데도 이런저런 생각들이 뛰어들어 통 잠을 이룰수 없었다. 숨을 들이쉬고 아랫배를 꾹꾹 눌러 힘으로 밀어본다. 여전히 반응이 없다. 아무래도 수분을 채워야 할 모양이다. 물을 마시려고 변기에서 일어날 때 배식 소리가 들려온다. 6번 방 앞이다. 방 두 개만 지나면 동규의 방이다.

'오늘은 이곳에서 아침식사를 하지 않습니다.'

의사 전달에는 말이 필요하다. 말은 반드시 상대의 응답을 끌어내 이유를 물을 것이다. 내 인생의 오랜 고립, 그 원인 또한 말의 덤터기였다. 재소자로서의 마지막 날 어떤 동티도 있어서는 아니 된다.

배식 밀차가 배식구 앞에 세워진다. 그냥 평소대로 하는 거다. 묵묵히 식판을 내밀자 담당자 또한 묵묵히 밥, 국, 콩자반 등 교도소 용어로 오경찬을 담아준다. 식판을 바닥에 내려놓고 뜀뛰기를 한다. 40번, 50번, 120번에서 신호가 온다. 변기에 앉자마자 묵직한 것이 장에서 쑥 빠져나온다. 도둑들이 물건을 훔친 집에 똥을 싸두는 까닭은 뒤탈을 잘라내기 위한 비방이라고 했다. 다시 또 한 덩이가 떨어진다. 나는 하룻밤 도둑이 아니다. 20년 쌓인 숙변까지 싹 빼내고 가는 거다.

9시, 교도관이 느린 걸음으로 다가온다. 머릿속 돌기들이 톱니로 곤두선다. 빨리 좀 올 수 없어? 교도관이 멈추고 철문에 열쇠를 꽂는다.

"207 전동규, 출소!"

동규는 문지방을 밟지 않으려고 걸음 폭을 크게 내딛는다. 그는 어릴 때 식모가 해주던 말을 떠올린다. '문지방을 밟으면 동티에 발목 잡힌단다…….' 교도관이 묻는다.

"짐은?"

동규가 고개를 가로젓는다. 그는 짐을 만들지 않았다. 과거는 터럭 하나도 가져가지 않을 것이라고 오래전부터 계획해온 일이다. 감방 복도를 지나올 때 복도 양편의 재소자들이 시찰구로 내다보면서 큰 소리로 중계한다.

"돌부처, 오늘 출소하나봐."

"그자 무기수 아니었어?"

"모범수였잖아?"

"감형이래."

동규의 별명은 돌부처, 타인과 대화를 나누지 않아 붙여진 누명 같은 별명, 그 또한 벗고 가야 할 허물이다. 복도를 빠져나오자 교도관이 서류를 건넨다.

"과장님과의 면담은 어제 끝났지? 영치물만 찾으면 되겠군. 저쪽, 알지? 색시도 얻고 잘 살아."

동규는 교도관의 말이 더 길어질까 싶어 재빨리 등을 돌려 보관소로 향한다. 보관소 담당자는 처음 보는 얼굴이다. 여기에 올 일이 없었으니 나에게만 초면이겠지. 동규가 서류를 디밀자 담당이 묻는다.

"출소, 입니까?"

동규는 고개만 끄덕인다. 직원이 그의 가슴에 붙은 수인번호와 서류를 대조, 확인한 후 가방과 박스를 꺼내준다.

"박스는 며칠 전에 영치되었네요. 새 옷 같은데, 탈의실에서 갈아입으세요. 입던 옷은 거기 쓰레기통에 버리시면 됩니다."

탈의실 구석에 철망으로 된 커다란 쓰레기통이 있다. 오늘 출소자는 동규뿐인지, 아니면 그가 첫번째 순서인지 쓰레기통이 비어 있다. 박스 안에는 새 옷들이 들어 있다. 여승이 옷을 사서 들여보냈다? 새 옷, 새 냄새, 징조가 좋군. 모직 바지와 스웨터, 털점퍼, 내복, 양말, 구두……. 모든 것이 새로운 세상에서 온 새것이다. 한데 팬티가 없다. 여승이라 남자 팬티

사기가 어색했나? 이가 없으면 잇몸이다. 그는 입은 옷을 모두 벗어 쓰레기통에 던져넣고 내복부터 입기 시작한다. 살에 스치는 내복의 촉감이 매우 포근하다. 느낌, 좋은데? 바지, 스웨터, 양말, 점퍼, 머플러, 가죽장갑까지 차례로 입고 껴본다. 몸이 먼저 새집으로 이사했군. 한 달에 한 번 오는 포교승이 말했던가? "인간이 최초로 얻는 집은 어머니 배 속이다." 강간 상습범으로 들어온 재소자가 등뒤에서 소곤거린다. "배 속이 아니지. 자궁이지. 우리말로는 보지……. 아, 그렇다, 다시 한 번 그 보……." 동규는 귀를 털어내고 구두를 끌어온다. 아주 딱 맞는데? 그 여승 총기가 있어. 치수를 대충 말해준 것 같은데, 제대로 골랐군. 옷도 그렇고. 빈 박스를 쓰레기통에 넣는데, 그 옆에 밀어둔 가방이 보인다. 20년 전에 들고 들어온 가방이다. 그때 입은 옷가지들이 들어 있겠지. 점퍼 안주머니에 뭔가 넣어둔 것 같은데, 시계였던가? 죽은 시계다. 밥을 주면 되살아난다? 되살리다니, 반드시 죽여야 할 시계, 아니 시간들이다. 동규는 가방을 들어 쓰레기통에 쑤셔넣고 손을 탁탁 털어낸다. 이만하면 과거는 다 벗었다. 이제 새로운 육신으로 새 세상에 나간다!

동규는 출구로 나가기 전에 화장실로 들어가 남은 오줌 한 방울까지 탈탈 털어낸 후 몸을 돌린다. 앞이 헐렁하다. 아, 지퍼! 바깥 남자들의 바지에는 지퍼가 달려 있다. 그는 지퍼 슬라이더를 찾아 위로 끌어올린다. 손에 닿은 바지의 감촉도 나쁘지 않다. 한데 허리둘레는 어떻게 알았지?

교도소 쪽문 앞이다. 한 발 바깥, 거기에 새날, 새 세상, 새 시간, 새 공기, '새' 자가 붙은 것들이 나를 기다리고 있다. 숨을 깊이 들이쉬고 성큼 나가서 주위를 살펴본다. 사람이 없다. 오겠다던 여승도 보이지 않는다. 자신이 너무 일찍 나왔거나 그쪽에서 차 시간이 맞지 않았을 수도 있다. 조금만 더 기다려주는 거다. 끝내 오지 않으면 내가 가는 거지. 예천, 해운사. 정류장 이름도 그와 같다고 했다. 바람이 차다. 오늘이 영하권이라고 했던가? 벌써 발가락이 시려온다. 체온을 유지하려고 제자리뛰기를 하고 있을 때 저만치서 승용차가 달려온다. 스님이 설마 자가용을? 돈 많은 신도가 태워줬을 수도 있겠지. 승용차 두 대가 더 달려와 꼬리처럼 붙어 선다. 귀하신 몸이 수감되어 있었나? 차 문들이 차례로 열리고 청년들이 쏟아져나온다. 검은 양복을 입은 그들이 교도소 문으로 우루루 달려가 두 줄로 도열해 선다. 이건 또 무슨 장면이지? 교도소 쪽문으로 한 사내가 어깨를 빳빳이 세우고 천천히 걸어나온다. 줄 늘어선 청년들이 사내를 향해 우렁차게 외친다.

"형님, 고생 많으셨습니다!"

조폭 우두머리다. 이 교도소에 그런 종자가 있었다니! 동규는 급히 등을 돌려 버스 정류장으로 향한다. 사내들의 환영식 소리가 뒷덜미를 잡을 것 같아 동규는 뛰기 시작했고 20미터쯤 뛰었을 때 시외버스가 지나간다. 그는 그 버스를 잡으려고 힘껏 달렸고 버스가 서면서 문을 열어준다. 다행히도 버스는 예천행이다. 그는 차에 올라 해운사까지 몇 시간쯤 걸리느냐고 물어본다.

"2시간쯤 걸려요."

동규는 버스 뒤창부터 힐끔 훔쳐본다. 교도소도, 청년들도 깨끗이 사라지고 없다. 자리에 앉자 하품이 쏟아진다. 2시간이 걸린다? 2시간은 잘 수 있다. 어젯밤은 새 세상에 대한 청사진들이 연속으로 환등기를 켜댄 덕에 한잠도 이루지 못했다. 똑바로, 옆으로, 엎드려 누워보아도 번뜩거리는 그림들이 눈앞으로 달려왔다. 하품이 몰려온다. 잠의 허기부터 채워두는 거다.

삼각지 로타리에……

버스 스피커에서 옛노래가 흘러나온다. 돌아가는 삼각지……. 노래는 늙지도 않는구나라는 생각이 20년 전에도 버스에서 이런 노래를 틀어주었을까로 이어지자 동규는 버스 바닥에 침을 뱉는다. 새 세상에 앉아서 웬 헌 시절 타령! 버스가 선다. 한 사람이 내리고 두 사람이 올라온다. 동규는 목에 걸린 하품을 마저 뽑아내고 다시 눈을 감는다. 잠의 입구로 들어서는데, 이명이 달려와 뒷덜미를 잡아챈다.

형, 상필 형이 스트립 건까지 좀 뒤집어쓰래. 곧 빼내준다고…….

동규는 눈을 번쩍 뜨고 주위를 살핀다. 승객들은 주로 뒤쪽에 앉아 있고 건너편 옆자리도 비어 있다. 그는 고개를 흔들어 잔상을 털어낸 후 다시 잠을 청한다.

형, 상필 형이 당했어. 조직도 깨지고…….

한때 그런 적이 있었다. 교도소의 불편한 현실보다 악몽들이 더 싫어서 한사코 잠을 피했던 나날들……. 오늘은 그때와 다르다. 잠이 들면 반드시 새로운 꿈이 와야 한다. 그래야 하고 그러기 위해 주문을 외어왔다. 새 술은 새 부대에, 새 세상에서는 새로운 꿈……. 잠이 게릴라처럼 덮쳐와 그를 포획해 20년 전 그 자리로 데려간다. 꿈 조정의 실패, 그래도 불가항력은 아니다. 유체이탈, 육신은 이 자리에 붙잡고 있으면 된다.

오작교회관은 대형 맥주홀이었고 건물 2층에 있었다. 동규의 임무는 오작교회관에서 춤을 추는 스트립에게 선약금을 전하는 것으로 약속 장소는 회관 옆 신축 건물 계단이었다. 저녁 9시, 신축 건물로 들어섰다. 아직 완공 전이라 건물 계단에는 전깃불이 없었다. 동규는 캄캄한 계단을 타고 5층까지 올라갔으나 건물 어느 구석에서도 사람의 기척이 없었다. 2층 계단 어두운 코너에 붙어 서서 담배에 불을 붙여 물고 스트립을 기다렸다. 세 개비째 꺼낼 때 건물로 들어서는 하이힐 소리가 들렸다. 동규가 담배를 집어넣고 계단 아래로 내려갔다. 스트립이 머뭇거리더니 뒤돌아섰다. 곧장 나갈 태세였다. 동규가 그녀의 팔을 잡아채자 스트립은 안 온 줄 알았다고 말했고 동규는 봉투를 내밀었다.

"우선 계약금이오. 잔금은 일 끝나고 준답니다."

스트립이 돈봉투를 핸드백에 넣자 동규가 말했다.

"장소는 여관 가기 전 건물 공사장입니다."

동규는 스트립이 나간 뒤에도 한참 더 지체했다가 건물 밖으로 나왔다. 오작교회관 계단 앞에서 나비넥타이를 한 안내 소년이 "어서옵쇼!"라고 외치고 있었다. 손님 둘이서 안내 소년의 어깨를 두들겨주면서 뭐라고 말한 후 계단으로 올라갔다. 동규는 담뱃가게까지 천천히 걸어가 청자 한 갑을 사고 코트 깃을 세웠다. 담배 한 대를 피운 후 동규는 와자하게 몰려오는 손님들 뒤를 따라 회관으로 올라갔다. 오작교회관 여급의 노랫소리가 들려왔다. 술손님들이 취해가는 시간이었다.

"다음은 7번 아가씨, 7번 아가씨 차례입니다."

오작교회관 실내로 들어섰다. 마이크를 잡은 7번 아가씨가 배호 노래를 부르기 시작했다.

누가 울어, 검은 눈을 적시나…….

여급은 박자를 잘 맞추지 못했고 5인조 밴드는 틀린 박자를 맞춰주느라 애쓰고 있었다. 그건 보답이자 예의였다. 여급들은 노래 팁을 받아 밴드에게 주려고 팬티나 브래지어로 들어오는 손님들의 손길도 참아내는 것이었다. 술과 안주 쟁반을 든 3번 웨이터가 동규를 보고 턱짓으로 한 자리를 가리켰다. 불독의 자리였다. 청계파 두목 불독이 혼자 조니워커를 마시면서 스트립 시간을 기다리는 중이었다. 동규는 불독을 확인하고 입구 쪽 빈자리에 앉아 동태를 살폈다. 여급의 노래가 끝나자 색소폰이 마이크를 잡고 "이제부터 짜릿한 시간 스트립!"이라고 방송했다. 드럼의 팡파르에 이어 춤곡 연주가 시작되었다. 한때 전파상마다 틀어대던 〈터프Tuff〉였다. 스트립이 춤을 추며 앞으로 나왔다. 무대 중앙에 이르자 그녀는 덧옷을 벗고 온몸을 흔들었다. 팬티와 브래지어에서 스팽글이 번쩍였다. 사방으로 빛을 튕겨낸 후 스트립은 농익은 포즈로 몸을 꼬아댔다. 음악이 절정에 오를 때 그녀는 섹스 연기를 했다. 술자리에서 한 남자가 칸막이 위로 고개를 내밀고 "돌려, 더 돌려!" 하고 소리쳤다. 밴드는 연속으로 〈터프〉를 연주했고 스트립은 술자리 순례를 하면서 팁을 받았다. 동규는 그녀가 불독 자리로 들어가는 것을 확인한 후 밖으로 나왔다.

동규는 길 건너편에서 몸을 숨기고 불독과 스트립을 기다렸다. 11시가 넘어가는데도 그들은 나오지 않았다. 출구는 계단뿐이었다. 하늘로 치솟지 않았다면 다른 데로 빠져나갈 수 없었다. 초조했다. 귀옥이 국수를 삶아준다고 했는데, 미리 삶아서 국수가 불어 있을 수도 있었다. 동규는 국수보다 귀옥을 기다리게 하는 일, 그런 일이 정말 싫었다. 점퍼 주머니에서 담배를 꺼낼 때 불독이 비틀거리며 오작교회관을 나왔다. 혼자? 일이 틀어지면 상필한테 또 구타를 당할 터였다. 오,

하늘님. 스트립이 나왔다. 옷을 갈아입느라 늦었던 것이다. 그녀가 종종걸음으로 나와 불독에게 다가갔고 담뱃가게를 지나서야 그의 팔짱을 꼈다. 불독이 간다고 믿고 있는 여관은 공사장 뒤편에 있었다. 계산이 빠른 스트립이 미리 길을 건너주었다. 동규는 재빨리 공사장으로 들어가 동패들에게 '온다'고 알렸다. 두목 상필이 각자 설 자리를 배치하고 있을 때 밖에서 스트립의 말소리가 제법 크게 들려왔다.

"오줌보 터지겠네. 잠깐 기다려요."

안으로 들어온다는 신호였다. 스트립이 들어오자 상필은 그녀의 팔을 낚아채고 다그쳤다.

"혼자 오면 어떡해?"

"내가 안 나가면 찾으러 올 거예요."

스트립 예측이 옳았다. 불독이 "이게 도망갔나?"라고 중얼거리며 천막을 들추고 공사장 안으로 들어왔다. 상필이 들었던 몽둥이를 동규에게 넘겼다. 뒤통수를 치라는 지시였다. 그가 맡은 임무는 유인하는 것까지였다. 약속에 없던 일이었지만 몽둥이는 이미 그의 손에 들려 있었다. 불독이 스트립 이름을 부르며 안쪽 깊숙이 들어섰을 때 동규는 몽둥이로 그의 뒤통수를 내려쳤다. 불독은 쓰러졌고, 상필은 스트립에게 잔금을 건넸으며, 스트립은 돈을 받자마자 이내 떠났다. 동패들이 쓰러진 불독을 일으켜세워 기둥에 묶었다. 상필은 기울어진 불독의 머리채를 잡아 올리고 따귀를 갈겼다. 불독이 눈을 뜨면서 소리쳤다.

"어느 개자식이야?"

상필은 잭나이프를 들이밀며 다그쳤다.

"우리 두부 공장, 네놈이 밀고했지?"

희미한 형체로 자기 앞에 버티고 선 작자가 창신동파 두목 상필이라는 것을 알아차린 불독이 악을 썼다.

"이 무슨 개수작이야?"

"우리가 두부에 횟가루를 섞는다고 네놈이 식당 주인들에게 주둥이질하고 다녔어!"

소규모 두부 공장에서는 횟가루를 섞는 데가 더러 있었다. 상필 역시 남처럼 했을 뿐이었는데, 창신동과 신설동 일대 식당에서 사입을 거부했다.

"그래, 새끼야, 횟가루 섞었잖아. 우리 아이가 직접 봤단 말이야!"

"그래서 네놈이 우리 공장을 뺏으려 했냐?"

"네놈도 그 공장 뺏은 거잖아?"

상필이 잭나이프로 불독의 배를 찌르며 명토 박아 말했다.

"나는 돈을 주고 샀단 말이다!"

"시부럴 새끼, 전 주인을 협박했잖아. 불 지른다고⋯⋯."

상필이 다시 잭나이프로 찔렀다. 불독은 윽윽거리면서도 말대꾸했고 상필의 나이프질 또한 빠르게 거듭되었다.

"내가 협박하는 걸 네 눈깔로 봤어? 봤어?"

"전 주인이……."

불독은 말끝을 맺지 못하고 숨을 넘겼다. 상필은 잭나이프를 접어 동규 손에 쥐어주었다.

"네가 자수해. 곧 빼내줄 테니까."

상필이 스트립까지 죽인 것은 동규가 불독 건으로 자수한 뒤였다. 그녀가 상필에게 '사람을 죽일 줄은 몰랐다, 돈을 더 내놓지 않으면 신고할 거'라고 협박해 그녀마저 죽였던 것이라 했다.

"손님, 해운사입니다!"

동규는 급하게 내려 사방을 둘러본다. '해운사' 표지판은 건너편에 난쟁이처럼 서 있다. 두어 번 심호흡한 후 길을 건너자 산 중턱에 검은 기와집들이 보인다. 해운사인 모양이다.

"사찰 이름은 해운사, 비구니들이 수행하는 소박한 선원입니다."

출소하는 날 데리러 오겠다고 약속한 여승은 오늘 나타나지 않았다. 동규의 걸음이 빨라진다. 품고 싶지 않았던 의심이 고개를 쳐든다. 오지 못한 이유가 뭐야? 버스가 연착해 제시간에 도착하지 못했다? 첫차를 타면 8시에 도착한다고 말해준 사람은 그녀 자신이었다. 갑자기 요의를 느껴 동규는 길섶 마른 덤불에 오줌을 갈긴다. 선원에 그런 사람이 없다고 한다면? 그간의 모든 언약이 속임수였다면? 의복을 넣어준 것은 무슨 뜻? 동규는 바지 지퍼를 올리고 사찰을 향해 뛰기 시작한다.

사찰 마당에 사람은 없고 바람만 굴러다닌다. 불길한 생각이 밧줄처럼 감겨든다. 없으면 안 돼! 절대로 안 돼! 그는 고함을 지르듯 여승을 부른다. 법당에서 앳된 여승이 나와 무슨 일이냐고 묻는다.

"선원장, 어디 있소?"

"그분 편찮으십니다."

없거나 출타중이 아니다. 그렇다고 해도 안심하기에는 아직 이르다.

"어느 방이오? 안내하시오!"

"여기서 잠깐 기다리세요."

앳된 여승이 혼자서 법당 뒤로 돌아간다. 기다리고 있을 생각이 전혀 없는 동규는 여승 뒤를 따라간다. 법당 뒤쪽 축대 위에 숙사인 듯한 긴 건물이 있고 여승은 검은 털신이 놓인 끝방으로 들어간다. 아프니까 다음에 오라고 한다면? 나에게 다음은 없어. 다음은 당신을 만난 이후에 내가 결정할 일이란 말이야. 여승이 나온다.

"들어오시랍니다."

선원장은 침구를 접어놓고 반듯하게 앉아 있다.

"미안해요. 내가 마중 나갈 생각이었는데, 일어나질 못했어요."

괜찮아. 당신이 내 앞에 있잖아. 그거면 돼. 동규가 내민 방석에 앉아 열 숨쯤 쉬고 있을 때 선원장이 뒷말을 잇는다.

"그분, 이 방에서 열반하셨어요."

그분? 동규가 픽 웃자 선원장의 눈알이 곤두선다. 볼일이 끝나면 만날 일도 없는데, 괜히 덧들이지 말자. 마침 시자 여승이 다탁을 들고 들어와 어색한 분위기를 해결해준다. 시자 여승이 천천히 찻잔을 채워준다. 빨리 따라. 차를 마실 마음도, 시간도 없단 말이야. 이제부터 달려야 하거든. 멈춰 있던 시간은 오늘로 끝이야. 미래의 시간, 나의 시간 속으로, 20년, 30년, 그냥 달려갈 거란 말이야. 내 말 알겠어?

"마셔봐요. 감기 예방에 좋아요."

시자 여승이 나가자 선원장이 차를 권한다. 그가 단도직입으로 말한다.

"차는 됐고, 그거나 내놓으시오."

선원장이 문갑에서 돈봉투를 꺼내 다탁에 올려놓는다. 수표라기에는 너무 두텁고 현금이라고 하기에는 기대하던 액수가 아닌 것 같다.

"얼마요?"

"100만 원이에요."

"장난해요?"

"그쪽이 가져갈 돈은 은행에 있어요."

은행? 그럼 찾아야지. 동규가 벌떡 몸을 일으킨다.

"어서 갑시다."

"가다니요?"

"돈을 찾아야 할 것 아니오."

"그보다 먼저 할일이 있어요."

"할일이라니?"

"앉아보세요."

선원장이 문갑에서 한지에 싼 것을 꺼내 동규 앞에 내놓는다. 그가 묻는다.

"이게 뭐요?"

"테이프예요."

"테이프가 뭐요?"

"돈을 가져가기 전에 먼저 해야 할 일이 그 안에 녹음되어 있어요."

"녹음? 귀신 껌 씹는 소리 집어치우고, 어서 일어나시오!"

선원장도 흐트러짐이 없다.

"우선 호명된 장소부터 가보세요. 그분이 왜 그런 당부를 남겼는지 알아오기 전에는 그 돈 줄 수 없어요."

가녀린 여승이, 아프기도 한 여자가 돌덩이처럼 앉아 지시하고 있다.

"줄 수가 없다? 당신, 내가 살인자라는 것 몰라요?"

"설령 나를 죽인다고 해도 소용없어요. 그분이 공증한 것이니까."

미래로 향한 대로가 사라지고 있다? 희망의 무지개가 물거품이 된다? 분노가 압축된 증기처럼 차올라 온몸이 분해될 것 같다. 그 여자, 살려준 대가를 이런 식으로 풀어? 이 늙은 여승까지 나를 속여? 지금까지의 내 인생, 충분히 더러웠다. 더이상 오물에서 허우적거리고 싶지 않으니 여기서 끝장을 내? 여승을 죽이고 나도 죽는다면?

선원장이 말한다.

"내가 마중을 갔으면 녹음기를 하나 사드릴 생각이었는데……."

선원장이 서랍에서 10만 원권 수표 한 장을 꺼내와 동규 앞에 놓는다.

"이 돈으로 소형 녹음기 하나 사세요."

뭐야? 녹음기도 없는 테이프? 난해한 시험지를 받은 것 같다. 그런데 그 해답이 테이프 안에만 있다?

"내가 받을 돈 얼마요? 그것부터 압시다."

"은행에 맡겨놓은 것이라 나도 정확히는 모릅니다."

은행에 맡겼다면 제법 큰돈이라는 뜻이다. 그 여자, 내가 지시한 대로 죗값을 모으긴 했지만 그냥 주기가 억울했던 거야. 그래서 조건을 걸어둔 것 같은데, 무슨 소릴 하는지 들어나보자. 동규는 테이프를 집어들고 몸을 일으킨다.

2

단성사 뒷길은 20년 전 지도와 완전히 달라져 있다. 종로 바닥에서 비원 근처까지 왔다갔다해도 낯익은 곳이 하나도 없다. 눈에 띄는 복덕방도 없다. 자세한 걸 알기 위해 동사무소를 찾아 들어간다.

"무허가 소개소요? 그런 데가 있었어요?"

20여 년 전 상황을 알기에는 창구 직원이 너무 젊다. 동규는 나이든 사람을 골라 다시 물어본다.

"글쎄요, 그때 난 이 지역에 살지 않아서……."

일단 다리 쉼부터 하고 보자. 동규는 다방으로 들어가 창가에 자리잡고 앉는다. 다방 레지가 와서 주문하란다.

"모닝커피라는 거, 그거 이 시간에도 돼요?"

레지가 가져온 커피 속에는 달걀노른자가 없다.

"모닝커피 시켰는데?"

"아, 네."

커피에 빵 두 조각, 이게 모닝커피다? 뭔가 울컥 치민다. 세월에 대한 저항감 혹은 당혹감이 귀밑샘을 채운다. 그는 침을 모아 뱉어내고 가방에서 녹음기를 꺼낸다. '소리 안 나게 혼자만 듣는 녹음기요? 워크맨에 리시버를 꽂으면 돼요.' 동규는 리시버를 바라보면서 이게 리시버라고? 이름도 별나네라고 중얼거리다가 기억해둘 필요가 없어, 이 일이 끝나면 쓸 일도 없을 테니까라고 생각을 정리한 후 꽂을 구멍을 찾는다.

'우선 호명된 장소부터 가보세요. 그분이 왜 그런 당부를 남겼는지 알아오기 전에는 그 돈 줄 수 없어요.'

호명한 장소가 이곳일 것이다. 내가 여기서 그 여자를 찾아냈으니까……. 리시버를 꽂기도 전에 건너편 건물이 위에서부터 지워지고 그 자리에 20여 년 그날의 전경이 겹쳐진다.

종묘사직 근처였다. 조선시대에는 제법 큰 마을로 기와집들이 밀집해 있었다. 일자 혹은 기역자 기와집들에 무허가 소개소들이 들어앉은 것은 인근에 있던 집창촌이 사라지기 전부터였다. 겨울철 이른 아침, 안개가 자욱한 날이었다. 가로등 불빛도 잘 보이지 않는 길 저쪽에서 두부 장수가 딸랑이를 흔들며 다가왔다. 한 골목에서 뚱뚱한 여인이 바가지를 들고 두부를 사러 나왔다. 동규가 매달 '젯값'을 받아가는 그 여인이었다. 두부 장수가 어깨에서 멜대를 내리며 자기 방식의 아침 인사를 했다.

"온통 빙판이오, 게다가 안개까지……."

"두부 네 모."

몇 년째 단골인데도 그녀의 대꾸는 두부 두 모, 세 모, 네 모뿐이었다. 그가 두부 네 모를 잘라 바가지에 담아주자 여인은 주머니에서 100원짜리 지폐를 꺼내 두붓값을 치른 후 획 돌아서 가버렸다.

"대답하면 어디가 덧나나?"

등뒤에서 두부 장수가 주절거렸지만 여인은 돌아보지 않았다. 여인은 골목에서 두번째 집, 군데군데 페인트가 떨어져 나간 푸른색 철대문을 열고 안으로 들어갔다. 짧은 머리통에 긴 다리 같은 기역자형 기와집은 여인의 일터이자 무허가 소개소였다. 여인은 좁은 마당을 끼고 안쪽 머리통 쪽에 붙은 부엌으로 들어가 찬장 문을 열고 두부 바가지를 넣었다. 8시가 되면 식모가 와서 아침밥을 지을 터였다. 여인은 옷에 손을 비벼 닦고 자기 방으로 들어갔다. 부엌 안쪽, 옛날에 과방으로 쓰던 그 방에서 여인은 크고 무거운 자신의 과거와 함께 살고 있었다.

"이것들이 일어나자면 1시간은 더 있어야 하고……."

여인은 이불 속으로 들어가 잠을 청했다. 꿈이 시작되었다. 뜨뜻하고 끈적한 우무 속에 물고기들이 갇혀 빠져나가려고 애쓰고 있었다. 우무 속으로 손을 집어넣자 우무가 팽창하면서 물고기들을 멀리 밀어내고 대신 그녀의 손을 잡았다. 그녀를 붙잡은 것은 우무가 아닌 형체도 없는 어떤 물체였다. 부엌에서 솥뚜껑 열리는 소리에 잠에서 깼다. 그녀는 자리에서 일어나 머리를 흔들었다. 선명하게 기억나는 것이 없었다.

여인은 내실 분합문을 열고 안으로 들어갔다. 안방과 대청마루를 터서 만든 큰방에서 색시들이 이불 속에 몸을 파묻고 잠들어 있었다. 11명, 변두리나 지방 요릿집으로 월급을 나갈 색시들이었다.* 여인은 이불을 끌어다 밖으로 나와 있는 막내의 발을 덮어주었다. 어제 온 신입으로 주민등록증 나이로 열여덟 살이었다. 여인은 성냥을 찾아 난로에 불을 붙이며 중얼거렸다.

"이 상전 년들은 추위가 질색이라니까……."

머릿속 생각은 '살겠다고 뽀작뽀작 기어나온 가여운 것들'이었다. 말과 생각이 다른 것은 그녀 내면에 칸을 친 이중성 탓이었다. 난로 불길이 철망에 올라붙으면서 메케한 석유 냄새를 뿜어내자 목이 깔깔해졌다. 어디엔가 물 주전자가 있을 것이었다. 방구석에는 화투짝들과 먹다 남은 오징어 껍질과 다리가 뒤섞인 담요가 보였고 물 주전자는 그 옆에 뚜껑이 덜 닫힌 채 놓여 있었다. 여인은 물 주전자를 들다 말고 오징

---

* 지방 요릿집에서 특기 있는 색시들을 데려갈 때 월급을 정하고 데려간다고 해서 '월급 뗀다거나 월급 나간다'라고 했고 특기에 따라 월급 액수가 달랐다. 1970년 당시 권번 출신은 한 달에 2만 원, 아주 어린 색시는 1만 원을 받았다.

어 다리를 내려다보았다. 씹을 만큼 다리가 제법 길었다. 집 어넣어? 눈길이 갈등할 때 한 아가씨가 잠자리에서 일어났다. 소개소 단골로 나이가 가장 많은 연화였다.

"꿈자리가 뒤숭숭한 걸 보니 오늘도 월급 떼긴 글렀군."

연화가 난로 앞에 앉아 담뱃불을 붙여 물었다. 여인이 그녀 옆으로 다가가자 연화가 거듭해서 징징거렸다.

"옛날엔 그래도 끗발깨나 날렸는데, 나이 사십도 안 되어 이 무슨 수절 팔자람."

여인의 머릿속에는 '수절 좋아하네'라는 말이 맴돌았으나 입이 정리해서 "아침부터 재수 없는 소리 마"라고 지청구를 준 뒤 담배나 하나 내놓으라고 했다. 연화가 담배 한 개비를 뽑아주며 앙알댔다.

"부둣가 술마담이라도 보내달란 말이야. 오래 드나든 친정 인데, 그것도 못 해?"

여인은 담배를 주머니에 넣고 몸을 일으키며 이 바닥 나이 사십이면 환갑이란다 하고 입속말했다. 자기 방으로 돌아온 여인은 연화에게 얻은 담배를 둥근 양철통에 보관했다. 색시 들이 월급을 떼지 못해 돈이 궁하거나 화투를 칠 때 낱개비 를 팔았고 그녀들이 선금을 받고 떠날 때 담뱃값을 받았다.

아침 9시였다. 식사를 끝낸 색시들이 화장을 시작했다. 화장 케이스를 놓고 마스카라를 올리는 아이는 배우 지망생이 었고 어제 새로 온 막내는 판다 눈 화장을 하고 연화에게 예쁘냐고 물었다.

"너 동물원 가니? 그 눈화장 고쳐!"

색시들은 서로 도와가면서 열심히 화장과 치장을 했다. 이제 여인이 옷을 입을 차례였다. 여인은 자기 방으로 돌아와 벽에 걸어둔 마고자를 입었다. 토끼털이 달린 마고자가 그녀의 겨울철 일복이었다. 그 옷을 입는 순간부터 그녀는 다른 사람으로 변해 요릿집 늙은 마담처럼 어서 화장을 끝내라, 빨리 옷을 입어라라고 닦달해댔다. 업주들이 오면 또 청산유수 소개쟁이로 돌변해 이쪽저쪽 사정을 청실홍실로 꿰맞추는가 하면 기생놀음에 대해 모르는 것이 없어 화류계 변사로도 불렸다. 그녀가 업주에게 소개하는 색시들은 강원도나 문산, 영주, 점촌, 강화 등 주로 지방 술집만 뛰는 기생이나 작부였는데, 잔정 없고 퉁명스러운 이 뚱보 여인이 그래도 신임을 얻어 믿고 찾는 업주와 색시가 많았다.

10시에 소개소 주인이 출근했다. 주인은 방 벽에 나란히 기대앉은 색시들을 훑어보며 한복 옷고름을 바로 매라는 둥 몇 가지를 지적하고 옆방으로 들어갔다. 업주가 색시를 선택하면 소개소 주인은 그 방에서 계약서를 작성했다. 여인이 소개소 주인을 만난 곳은 감옥이었다. 당시 주인은 종3 포주였는데, 데리고 있던 아이가 소주병을 깨서 손님을 찔러 감옥에 왔던 것이다.

큰 가방을 가슴에 안은 중년 여성이 대문을 밀고 들어왔다. 영주에서 온 업주였다. 여인이 내실 분합문을 열어주고 왈칵 반기며 너스레를 떨었다.

"이게 누구유? 님 오시듯 오시는 이 양반!"

"나, 바빠. 어서 소개부터 해."

여인의 시선이 끝머리 구석으로 달려갔다. 그녀의 소개 순서는 항상 그 자리부터였다.

"먼저 저쪽 구석에 앉은 아이는 찰떡 팔자라 손님들이 기가 막히게 달라붙고, 그 옆 연화는 나이가 좀 들긴 했지만 술배가 고래야. 손님 한 사람에 열 명의 매상은 단숨에 올려."

"그 옆은?"

"잡잡가, 남도잡가, 서도잡가, 《심청가》, 민요 못하는 것 없이 척척이라 두 장(2만 원)은 줘야 하고……."

업주가 판다 눈화장을 했던 막내를 지목하며 특기가 뭐냐고 물었다.

"우리 막내 음악학원에 다녀. 가수가 될 거란 말이지. 학원비 벌려고 임시로 나온 거야."

"그럼 특기는 가요인가?"

"유행가 모창이야. 막내야, 맛뵈기 한 가락 뽑아드려라."

막내가 자리에서 일어나 한복 치마꼬리를 휙 돌려 붙이며 배호의 〈누가 울어〉, 〈무너진 사랑탑〉, 〈검은 상처의 블루스〉 중 중요 대목만 메들리로 불렀다.

"멀리 가버린 내 사랑, 돌아올 길 없는데 피가 맺히게 그 누가 울어 울어 검은 마스카라 적시나…… 반짝이는 별빛 아래 소곤소곤 소곤대던 그날 밤, 천년을 두고 변치 말자고 댕기 풀어 맹서한 님아, 사나이 목숨걸고 바친 순정 모질게도 밟아놓고…… 그대 나를 버리고 어느 님의 품에 갔나……."

"늙은것들이 영계만 찾으니 딱 좋네. 그리고 스트립 없어? 요즘은 그런 애들이 매상 팍팍 올린다던데?"

"아하, 스트립? 열흘 후에 돌아와. 지금은 문산, 양키촌에 나가 있거든."

"그럼 우선 저 애만 계약하지."

소개소 주인이 옆방 문을 열고 말했다.

"계약은 여기서 합니다. 이리로 오세요."

업주가 막내를 데리고 떠난 직후 또 한 사람이 대문을 밀고 들어왔다. 밍크코트를 입은 부티가 나는 업주였다.

"하이고, 점쟁일세. 예쁜 애들 와 있다는 것은 어떻게 아셨으까……."

업주가 색시들을 차례차례로 뜯어보았고 여인은 업주의 눈길을 따라가며 소개했다.

"그 애는 강원도 황지에서 어제 왔어. 100원짜리는 개도 안 물어간다는 노다지 탄광촌, 알지? 인기 만점, 업주가 한 달만 더 있어 달라 애걸했지만 업주 남편까지 껄떡대서 의리 지켜주느라 그냥 떠나온 거야."

붙어 앉은 두 색시에게 업주의 눈길이 건너갔다. 여인이 팅

겨 말했다.

"그 애들은 비싸. 권번 출신이거든. 암, 정통 기생들이라고."

"권번 출신?"

"그렇다니까. 곱사춤, 접시춤, 수건춤이 일품이고 그 옆 아이는 장구 박사야. 중모리, 자진모리 못 두들기는 게 없어. 환갑집 잔치에 외출만 보내도 월급 준 돈 몇 배는 건져."

"장구 박사만 데려가지."

"안 돼, 그 애들은 짝으로 다녀. 자매거든."

그때였다. 누군가가 밖에서 철대문을 걷어찼다. 여인은 소개를 멈추고 귀를 기울였다. 다시 발길질 소리가 들렸다. 세 번이었다. 웬일이지? 이렇게 이른 시간에? 나가지 않으면 계속 발길질을 할 터라 여인은 주인에게 소개 대행을 맡긴 후 자기 방으로 가서 코트를 걸치고 돈을 챙겼다.

동규가 전봇대 앞에서 가방을 메고 서 있었다. 길바닥이 미끄러워 조심조심 걸어가는데, 빨리 오지 않고 뭘 꾸물거리느냐고 소리를 질렀다. 녀석은 늘 그렇게 불량스럽게 굴었는데도 여인은 묵묵히 자기 할 도리만 할 뿐이었다. 코트 주머니에서 돈을 꺼내 그에게 내밀었다.

"나 지금 바빠. 이것만 가져가. 저녁에 다시 오든지."

"오라, 가라? 이게 간땡이가 부었나?"

동규는 돈도 받시 않고 몸을 휙 돌리며 명령했다.

"닥치고 따라와!"

전에는 돈부터 낚아채고 액수가 적다고 투덜대던 녀석이었다. 여인이 버티고 서서 "이것 가지고 가. 저녁에 오면 더 줄 테니까"라고 말했다.

녀석이 어서 오지 못하느냐고 소리를 꽥 질렀다.

"나 일해야 한다니까? 여기서 말해!"

동규가 돌아와서 손을 쳐들었다. 머리끄덩이를 잡거나 따귀를 갈길 태세였다. 여인이 따라가면서 물었다.

"어딜 가는데?"

동규는 입을 꾹 다물고 걷기만 했다. 여인이 다시 물었다.

"여자 문제야?"

"주둥이 온전하려면 닥치고 따라와!"

전에도 비슷한 말을 했던 적이 있었다. 그때 녀석은 주둥이를 베겠다고 잭나이프를 들고 위협했다. 택시가 왔다. 그가 여인을 먼저 태우고 뒤따라 올랐다.

"창신동 꼭대기 채석장으로 갑시다."

기사가 끼어들었다.

"그 채석장에서 요즘 큰 석불을 만든다지요?"

동규는 "그렇겠지요"라고만 대답했다. 여인의 머릿속에는 오늘쯤 올 것 같은 업주들의 얼굴들이 차례로 떠올랐다. 삼척과 점촌 업주도 올 때가 되었다. 아이들 월급을 깎겠다고 쪼잔을 떠는 업주들에 비하면 그이들은 아이들에게도 야박하지 않았다. 강원도 철암 쪽 업주가 생각났다. 겨울이면 눈이 사람 키만큼 쌓인다는 그곳은 술손님 행차도 땅굴을 파듯 눈을 파가면서 온다고 했다. 연화의 말이 떠올랐다. '부둣가 술마담이라도 보내달란 말이야……' 인천 업주도 올 때가 되었는데, 지방에 깔려 있는 요정은 수천, 단골로 오는 업주들도 수백, 업주들은 보통 한두 달 만에 색시들을 교체했다. 손님들은 새 여자를 좋아했고 업주는 새 여자로 단골들을 붙잡아두는 것이었다. 여인이 동규 무릎을 잡고 부탁했다.

"나 돈 벌어야 해. 오늘 번 돈 다 줄 테니까 저녁에 다시 와, 응?"

동규가 여인의 손을 떨쳐냈다. 이마에 정맥도 곤두섰다. 그는 자기 무릎에 손을 올려 기분나빠 죽겠다는 표정이었다. 여인은 미안하다고 중얼거리며 창밖으로 고개를 돌렸다.

택시가 멈춰 섰다. 돌산 입구였다. 여인이 머뭇거리자 동규가 어서 내리라고 소리를 질렀다. 녀석은 채석장을 향해 빠른 걸음으로 올라갔다. 돌 사업을 하겠다는 건가? 그래서 나에게 자금을 대라고 이러는 건가? 비탈길로 오르면서 여인은 주변을 살펴보았다. 돌조각이 군데군데 쌓였고 몇 그루의 나목이 띄엄띄엄 서서 삭풍에 떨고 있었다. 지대가 높아질수록 바람이 거칠어져 걷기도 힘들었다. 여인이 헐떡거리기 시작할 때 돌 깨는 소리가 들려왔다. 채석장이었다. 녀석은 채석장을 비껴갔다. 목석지가 채석장이 아니었나? 여인이 소리쳤다.

"어딜 가는 거야?"

녀석은 대답하지 않았다. 바람소리에 듣지 못한 것이었다. 여인이 다시 소리쳤다.

"어딜 가냐니까?"

"닥치고 따라와!"

녀석이 수상했다. 전에 없이 가방을 메고 온 것도 그랬다. 문득 녀석의 목적지가 궁금했다. 돌산에 왔는데, 채석장을 지나쳐갔다면 돌산 너머로 간다? 이 산도 넘으면 마을이 있나? 서울에는 홀로 앉은 산이 없다고 했다. 남산만 해도 자락마다 집들이 딱쟁이처럼 붙었고, 녀석의 아비가 사는 금호동은 사람들이 아예 산을 다 먹어치웠다지 않던가. 녀석의 아비, 그러니까 그 작자가 이쪽으로 이사를 왔나? 이번에는 녀석이 소리를 질렀다.

"빨리 안 와?"

여인이 천천히 올라갔다. 얼마 가지 않았는데, 또 숨이 차올랐다. 몸이 부대한 사람에게는 비탈길이 쥐약이었다. 그녀가 멈춰 서서 숨을 고르고 있자 녀석이 내려와서 채찍을 휘두르듯 다그쳤다.

"당신 밤까지 잡혀 있고 싶어? 어서 올라가!"

스무 걸음쯤 올라가고 있을 때 녀석이 오래 고인 침을 뱉듯이 말했다.

"당신 신마찌 출신이었다며?"

"신마찌가 뭔데?"

"당신이 더 잘 알잖아. 일제 때 갈보촌!"

그리고 녀석이 등을 돌려 빠르게 올라갔다. 일제 때 갈보촌? 여인은 '누가 그런 벼락 맞을 소리를 했느냐'고 악을 쓰며 따라가다가 돌부리에 걸려 넘어졌는데, 선뜻 일어날 수가 없었다. 일어나고 싶지도 않았다. 그런 수모를 당하느니 차라리 죽는 편이 낫겠다 싶었다. 녀석이 되돌아와 소리쳤다.

"어서 안 일어나?"

여인이 몸을 일으켰다.

"누가 그런 헛소리를 했는지 말해. 안 그르믄 한 발짝도 못 가."

"누구냐고? 당신이 좋아 죽겠다고 매달린 사람."

"내가 매달려? 그자가 누군데?"

"우리 아부지!"

동규는 다시 앞서갔고 여인은 뒤를 따라가며 벼락 맞을 작자라고 저주를 퍼부었다. 녀석의 걸음이 빨라졌다. 대체 어디로 가자는 것인가? 오늘 녀석은 여러모로 수상했다. 마침내 녀석이 멈춰 섰다. 마을이 아닌 돌산 정상이었다.

"여기 앉아."

녀석이 바위를 가리켰다. 서울 시가지가 내려다보이는 자리였다. 오른쪽 너머 그 어디에 경복궁과 비원이 있을 터였다. 오래된 목소리 하나가 달려왔다. "다연아, 저분들이 궁중 뜨락에서 학춤을 추신 분들이다. 청홍의 학, 학의를 입은 춤꾼들…… 궁중학춤에는 자유분방한 동작이 없단다…….”

녀석이 말했다.

“어젯밤 꿈에 우리 엄마를 보았어.”

“엄마라니?”

“당신이 죽인 내 엄마 말이야.”

눈앞에서 어른거리던 춤사위, 수십 년 만에 찾아온 그리운 모습, 흰 두루마기를 입고 시원하게 뛰어오르던 부친의 환영이 가뭇없이 사라져갔다. 녀석이 계속했다.

“그때 내가 열 살만 되었어도 당신을 죽여버렸을 거야.”

여인이 대답했다.

“다행이군.”

“다행이라니?”

“그 덕에 용돈 챙겨가잖아.”

“닥쳐, 그건 용돈이 아닌 당신 죗값이야!”

죗값이든 용돈이든……. 여인이 입속말을 굴리다가 불쑥 물었다.

“근데 넌 어쩌다가 이 꼴이 된 거야?”

“당신 때문이잖아.”

“큰 부자에 삼대독자, 아비가 귀하게 키웠을 텐데?”

녀석이 한참 만에 대답했다.

“당신을 찾아 원수를 갚으려고 집을 나왔지. 중1 때 말이야.”

"……."

"당신도 찾지 못했고 원수도 못 갚았는데, 돌아갈 수 있었겠어? 그때부터 거리의 아이가 된 거야. 당신을 찾아서 죽이고 말겠다고, 그런 맹세를 뼈마디에 새기면서…… 그렇게 성장한 거야."

마침 바람이 불어 여인의 눈에 티가 들어갔다. 눈물을 훔쳐내는데, 녀석이 허공을 올려다보면서 물었다.

"당신…… 전에는 종3에서 펨프도 했다면서?"

여인이 천천히 대답했다.

"펨프 하지 않았어. 할 줄도 모르고."

"그럼 우리 아버지가 거짓말했단 말이야?"

"형무소에서 만났던 포주, 그 사람 집에서 잠깐 기식했던 거야."

녀석이 또 억지소리를 했다.

"이제는 색시를 팔아먹는 소개쟁이."

"팔아먹는 게 아냐. 소개를 할 뿐이지."

"당신도 이런 꼴로 사는 게 싫지?"

"이런 꼴이라니, 내가 어때서?"

동규가 가방을 열고 떡 봉지를 꺼내 그녀 앞에 내밀었다. 인절미였다.

"먹어."

오늘 녀석은 정말로 이상했다. 말끝마다 후벼 파더니 이젠

떡 봉지를 내밀었다. 게다가 인절미였다. 감옥살이할 때 너무나도 먹고 싶었던 떡이었다.

"나 먹으라고 사왔단 말이지?"

여인은 감옥에서부터 키운 병이 있었다. 먹는 것을 보면 참을 수 없는 게걸증이었다. 떡 하나를 집어 입에 넣었다. 질펀하게 고인 침이 떡을 감싸고 넘어가는 순간 녀석이 말했다.

"세 개만 먹어. 그럼 황천문이 열릴 거야."

떡이 식도에 걸렸고 녀석은 몸을 일으키며 덧붙였다.

"저승 가면 우리 엄마한테 전해. 내가 엄마 원수를 갚은 거라고."

녀석은 떠났고 여인은 토해내려고 온 힘을 다해 웩웩거렸다. 손가락을 목구멍 깊숙이 넣어도 식도에 걸린 떡은 나오지 않았다. 똥오줌을 질금거릴 때까지 토악질하자 신물과 함께 떡 덩이가 빠져나왔다. 여인은 눈물과 콧물로 범벅이 된 얼굴을 닦아내고 바위에 올라앉았다. 세찬 바람이 머리칼을 잡아뜯을 듯이 윙윙거렸다. 코트 속에 머리를 묻었다. 몸속의 혼이 밖으로 빠져나가려 했고 그 혼을 붙잡아두기 위해 씨름하고 있을 때 녀석이 돌아와 물병을 내밀었다.

"마시고 토해봐."

"토해냈어."

"더 토해내."

여인은 물로 입을 헹궈내고 물었다.

"왜 마음이 바뀐 거지?"

"계산을 바로 한 거야. 죽이는 건 돌아와서도 할 수 있다고."

"어디, 떠나?"

"적금을 들어둬."

"알아듣게 말해."

"돈 많이 모아두면, 계속 살려줄 수도 있어."

"어디로 가는데?"

"알 것 없어."

"감옥에 가나?"

"닥치고 돈이나 모아둬!"

녀석이 다시 떠났다. 주머니에 있는 돈을 주려고 몸을 일으키다가 다리가 접혀 쓰러지고 말았다. 독이 퍼지진 않았을 텐데, 정신이 혼미해졌다. 잠이 들었던 모양이다. 꿈에 아버지가 말했다.

학들이 떨치고 일어나는 거야. 그래, 그렇게 훨훨…….

눈을 떴다. 어둠이 내려앉고 있었다. 여인은 돌산 입구에서 택시를 잡았다. 자기 돈을 주고는 처음 타보는 택시였다.

"단성사 쪽으로 가요."

업주는 몇 명이나 다녀갔을까? 소개소 주인은 귀가했을 것이다. 색시들은 몇 명이 팔리고 몇 명이 남았을까. 집에 도착해 내실 분합문을 열려는 순간 방 안에서 연화의 말소리가 들려왔다.

"웬일이지? 이런 일이 없었는데……."

"근데 말이우, 우리 소개쟁이 별명이 왜 여간수요?"

"전에 감옥에서 여자 죄수들을 감시했다지 아마."

"간수 아냐, 죄수였어."

"죄수요? 뭔 죄를 지었대요?"

"어떤 놈한테 속아 살림을 차렸는데, 알고 보니 본처가 있더래."

"그래서 남자를 죽여버렸구나!"

"남자는 아껴두고, 본처만 죽였대."

"그럼 아까 밖에서 만나던 그 젊은 남자는 누구? 아들?"

"본처 아들이래. 그렇게 찾아와서 죗값을 받아가는 거지."

"감옥 살았는데, 뭔 죗값이래?"

"아들 마음이 어디 그래? 죽이고 싶기도 하겠지."

"그 돈 갚느라 구제품 옷만 사 입는구나."

여인은 자기 방으로 들어가 주머니의 돈을 꺼내 베개 속에 넣은 후 그 자리에 쓰러져 누웠다.

3

　동규는 열차표 두 장을 샀다. 옆 사람의 말소리를 견딜 수 없을 것 같아 아예 옆자리도 사버린 것이다. 그가 말소리에 과민성을 보이는 것은 스트립의 살인을 추궁받았던 그날부터였다. 형사는 탁자를 쳐가며 다그쳤다. "네놈은 불독 건으로 자수했어. 그 이유가 스트립 살인을 은폐하기 위해서였어. 네놈이 그 여자 꽁무니 따라다녔다는 거 다 알아. 왜, 한 코 달라니까 거절하디? 그래서 죽였지? 죽였지? 죽였지?" 그뒤부터는 모든 사람의 말이 '죽였지!'로 들렸다.

　계단을 타고 승강장으로 내려간다. '서울↔부산 새마을 호'가 대기하고 있다. 이런 차는 언제 태어났지? 사람은 늙는데, 사회는 자꾸자꾸 새로 태어나는 건가? 서울도 모두 새 단장을 하고 말이야……. 그는 열차에 올라 창가 자리에 가방을 놓고 그 옆에 앉는다. 열차를 타본 지가 얼마 만이지? 그는 방금 했던 생각을 재빨리 지워버린다. 이제부터는 생각의 방향도 과거로 가게 해서는 안 된다. 미래, 미래로만 향해야 한다. 이 임무만 끝나면, 넉넉잡고 일주일 후면 내 소유의 거금이 생긴다. 그 돈은 내가 내 인생의 주인이 된다는 증명서이자 안정권으로 가는 통행권이다. 통행권을 취득하고 나면? 맨 먼저 귀옥을 만나는 거다. 함께 살자, 결혼식도 올리고 그렇게 살자……. 남편이 있다면? 있다면, 있다면……. 열차가 천천히 출발한다. 그는 가방을 열고 워크맨을 꺼내 귀에 리시버를 꽂고 버튼을 누른다. 침묵이 흐르더니 마침내 여자가 말을 시작한다.

네가 시킨 대로 돈을 모았어. 기대했던 액수보다 많을 거야. 그런데 말이야, 어느 날 문득 네가 했던 말이 되씹혀지는 거야. 내가 신마쩨를 했다고? 그것도 왜놈촌에서? 사람을 제멋대로 취급하는 막돼먹은 녀석에게 내가 왜 그 돈을 줘야 하지? 다른 데 헌납해버릴까 하다가 기회를 줘보자는 생각이 들더군. 어떤 기회냐고? 내 과거부터 바로잡아오는 기회, 일종의 조건이지…….

여자야, 넌 이미 죽었잖아. 살아 있다 해도 과거는 돌이킬 수 없는 거야. 한데 왜 이런 맹세를 하는 거지? 우리 아버지에 대한 사랑이 순결했다는 건가? 그걸 강조하는 의미는? 이 여자에게 내 아버지가 그토록이나 소중했나? 허허, 여자야, 내 아버지라는 사람, 그렇게 좋은 남자 아니야. 동규는 다시 버튼을 누른다.

내가 어떤 사람이었는지 조사해봐. 그러면 진실이 보일 거야. 숨은 진실은 그 사람의 보석이기도 해. 나에게도 보석이 있었다는 것, 내 보석들을 찾아내라는 거야. 성실하게 찾아주면 거금을 전부 다 가질 수 있어. 어디 가서 찾느냐고? 그래, 그렇지. 진실은 사람과 장소 두 곳에 심어지는 것. 먼저 온천장으로 가봐. 부산에 있는 동래온천, 내가 태어나고 자란 곳, 거기에 권번이 있어. 권번이 뭐냐고? 춤과 소리꾼, 세상 사람들은 기생을 배출하는 곳이라고도 하지. 나도 입적했어. 동기(童妓)가 아닌 예기(藝妓)로 말이야. 춤대회에 나가거나 초대한 곳에서만 춤을 추는……

여자의 출소 소식은 아버지에게 들었다. 구역 싸움에서 상대가 많이 상했고, 잠시 피해 있으려고 갔을 때 아버지가 말했다. "그년이 나왔더라. 사형을 해달라고 탄원했는데, 죽이지 않고 벌써 나왔더라. 그년 종3에 펨프로 취직했다더라……" 오래 잠들어 있던 복수심이 심장에서 잠을 깼다. 여자는 나의 원직, 불행의 가마솥으로 내 인생을 던졌다! 나를 오물에 빠뜨렸다! 제거해야만 이 저주에서 벗어날 수 있다! 동규는 벗었던 신발을 도로 신었다. 하지만 그날은 여자를 만나지 못했다. 종3으로 들어가는 입구에서 형사에게 잡혔기 때문이다. 그때 차라리 다행이다 싶었다. 여자까지 처리한 후 잡혔다면 폭력이 아닌 살인자가 되었을 것이다. 원수를 죽이고 처벌받는다면 얼마나 억울한 일인가. 여자는 아무도 모르게, 쥐도 새도 모르게 죽여야 한다. 출소할 때까지 완전 범죄, 그 방법을 공부해보는 거다. 그것이 제대로 된 복수다.

"거기 빈자리면 좀 앉읍시다."

승객이었다. 그는 차장한테 물어보라고 말한 후 고개를 돌린다. 보는 것도 듣는 것도 싫으니 잠이나 자자. 눈을 감고 잠을 청하는데 여인의 말이 먼저 달려온다. "넌 어쩌다가 이 꼴이 되었니?"

아버지는 유도 도장을 운영했다. 정확하게 말하면 그냥 건물주였다. 아버지는 유도보다 가라테가 좋다면서 술만 마시면 시범을 보였다. 만취한 날은 손날을 세워 저미듯 내 등을 갈겼다. 낌새가 보일 때마다 요령껏 피해왔는데, 그날은 숙제하다가 잠이 든 바람에 고스란히 당하고 말았다. 왜 태어났니? 너 때문이야, 네가 그년을 죽여, 그래야 장단이 맞는 거지 하면서 목 뒤에서 등골까지 가라테로 쳐댔다. 여자를 처리하지 않는 한 아버지의 가라테가 끝나지 않을 것 같아 그날 밤 서울행 열차를 탔다.

서울역 주변은 너무나도 요란해 혼란의 수렁 같았다. 아버지가 말한 그년이 어디 있는지 물어보지 못한 것도 큰 실책이었다. 무엇보다도 배가 고팠다. 드럼통에서 김을 올리던 꿀꿀이죽, 주황 색깔의 공중전화들, 굴렁쇠를 굴리는 사람, 뺑뺑이, 야바위꾼들, 어떤 구경거리도 주린 배를 채워주지 않았다. 밥알이 허공에 날아다녔다. 밥알을 미치도록 잡고 싶은 어린 소년은 그 밥알을 쫓아 남대문을 지나 종로, 동대문까지 걸어갔다. 높다란 동대문에도 밥알은 없었다. 창신동으로 들어섰다. 또래처럼 보이는 한 소년이 길바닥을 살펴가며 담배꽁초를 줍고 있었다. 동규가 물었다.

"그거 주우면 밥과 바꿀 수 있나?"

아이가 되물었다.

"너 가출했니?"

그렇다고 대답하자 소년이 고개를 저었다.

"그럼 안 돼. 전에 어떤 아이는 부모가 경찰을 끌고 오는 바람에 우리 오야지만 혼났어."

동규가 자기는 그냥 고아다, 고아원이 촌에 있다. 아무도 찾아올 사람이 없다. 밥을 주는 곳으로 제발 좀 데려가달라고 통사정을 했다. 소년을 따라간 곳은 창신동 산자락에 있는 긴 판잣집이었다. 마당에는 고물이 쌓여 있었고 앞채는 작업장, 뒤채는 숙소였다. 그 집 식구들은 20명이었다. 뭔가 하나씩 잘못되거나 부족하거나 넘치는 소년과 청년, 어른이 각자 맡은 일을 하면서 어울려 살고 있었다. 소년이 데려간 방에는 어른들이 탁자에 둘러앉아 담배꽁초를 처리하고 있었다. 꽁초에 붙어 있는 종이와 탄 부분을 집어낸 후 물을 뿌려 재웠다가 새 담배로 만드는 일이었다. 청년들 셋은 저녁에 돌아왔다. 그들은 오야붕 방으로 직행해 종일 소매치기한 돈을 꺼내놓았는데, 처음 이 장면을 보았을 때 동규는 안주머니에서 꾸역꾸역 나오는 돈을 보고 그들이 요술쟁이라고 생각했다. 깡통을 놓고 구걸하는 어린 소년과 소녀, 구두닦이, 보급소에서 신문을 훔쳐 싸게 파는 아이, 고물을 줍거나 훔치는 아이도 있었다. 동규에게 배정된 일은 소매치기 형을 따라다니며 망을 봐주고 기술을 배우는 것이었다. 항상 대학교 교복을 입고 다니는 소매치기 형은 버스, 전차, 서울역 앞으로 무대를 바꿔가며 여자들의 가방이나 코트 주머니를 찢고 돈을 빼냈는데, 덜미가 잡힌 사람은 기술자 형이 아닌 동규 자신이었다. 형이 신사의 안주머니에서 빼낸 지갑을 동규에게 슬쩍 넘기고 튀었기 때문이다.

경찰서 유치장이란 곳은 인간 전시장 같았다. 사기꾼, 소매치기, 좀도둑, 브로커, 폭력배…… 양키 물건을 공급하다가 검거되었다는 남자는 자기가 잡힌 까닭은 경쟁자가 찔러박았기 때문이다, 하지만 곧 나간다, 사촌 형이 검사라고 연설하듯이 자랑했다. 그때 불현듯 여자가 생각났다. 동규는 남자 옆으로 다가가 엄마를 죽인 여자가 있다, 그 여자를 찾아 복수해야 하는데 어디에 있는지 알 수 없다, 좀 알아봐줄 수 있냐고 하소연했다.

"그 여자 지금 감옥에 있겠네."

옆에 있던 사람이 먼저 대답해주었고 양키 물건 남자는 사건이 언제 일어났느냐, 이름은 뭐냐, 사건 날짜와 이름만 알면 그 여자 어느 교도소에 있는지 알아봐줄 수 있다고 했다. 사건 날짜도, 이름도, 얼굴도 모른다고 하자 남자들이 번갈아가며 동규의 뒤통수를 갈겼다.

부산이다. 난생처음 와본 곳이다. 바람에서 갯내가 나는 것이 친해지고 싶지 않은 도시 같다. 뭐 어쨌든 며칠간이면 임무를 완수할 수 있을 것이다. 동규는 택시를 타고 지나가는 건물, 사람, 현수막, 그 모두에게 물었다. 내가 수령할 액수는 얼마일 것 같냐? 정말이지 얼른 알고 싶어 몸살이 날 지경이다. 시간을 당길 수만 있다면 돈을 수령하는 그 순간으로 곧장 달려가거나 그 순간에서 되돌아오고 싶다. 택시 기사가 끼어든다.

"온천장은 저녁이 좋고 해운대는 낮이 좋지요."

동규는 대꾸하지 않는다. 무시해서가 아니라 그의 버릇이 그랬다. 동래온천장, 기사가 극장 앞에 내려준다. 건물 배열이 대체로 조밀한데도 동규는 사막에 온 것만큼 아득하다. 권번이란 곳은 대체 어디에 있단 말인가. 지나가는 젊은 여자를 잡고 물어본다.

"권번이란 곳이 어디에 있지요?"

"권번이 뭡니꺼? 운동하는 도장입니꺼?"

첫 단추가 서툴렀다. 복덕방이 좋을 듯싶다. 그는 소주 두 병과 새우깡을 사 들고 복덕방 문을 연다. 노인들이 장기를 두고 있고 훈수를 두는 사람이 몸을 일으켜 묻는다.

"방 보러 왔는기요?"

"우선 이것부터 드시지요."

동규가 봉지를 내밀자 복덕방 노인들이 장기판을 접고 철 제 캐비닛에서 소주잔을 꺼낸다. 사회로 나와서 첫 대면하는 타인들, 자신의 말에 고분고분 따라주는 것이 어쩌면 잘 풀릴 것도 같다. 동규는 새우깡 봉지를 뜯어 그들 앞에 공손히 놓 는다.

"인자 말해보이소. 무슨 용건인데 이렇키 술부터 사왔는기 요?"

"권번을 찾습니다. 복덕방 일을 하시는 분들은 아실 거라 해서……."

"권반(권번) 말인기요? 그거 없어진 지가 언젠데."

없어졌다면 이제 어떻게 해야 하는 거지? 그가 다시 물어 본다.

"권번이 무슨 일을 하는 곳이었습니까?"

"기생 양성소였는 기라."

여자도 기생을 배출하는 곳이라고 했다.

"기생도 일종의 색시 같은 직업이었겠죠?"

"색시라니, 큰일날 소리. 기생들 앞에서 그 말 했다간 빰따구 맞아요."

옆의 사람이 받아 말한다.

"술 따르는 직업은 그기 그거 아이가?"

"우찌 그기 그거고? 기생들은 춤과 노래로 묵고 살지."

"우리 선친, 접장이었던 기는 알제? 울산에서 원예고등학교로 전근을 오신 기라. 그때 셋방살이부터 했는데, 그 집 주인이 향난이라는 일류 기생이었는 기라. 부산에서 첫찌로 꼽혔던 명기."

"그때 니캉 내캉 문구멍으로 춤구경하고 그랬다 아이가?"

"우리가 춤구경한 사람은 권반에서 초빙한 춤선생이었던기라. 공옥진이라고, 그 선생이 향난이 아줌마 집에 머물렀던 기지."

"그 사람이 공옥진이라고? 어제 텔레비에 나왔는데?"

"문둥이 춤춘다는 사람 아이가?"

"맞다."

"향난이 아줌마라 카믄 지금 낙원호텔 주인 아이가? 낙원목욕탕을 할 때는 가난한 노인들 모두 불러다가 공짜 목욕도 시키주고."

한 노인이 동규에게 묻는다.

"그란데 권반은 와 찾는 기요?"

동규는 거기에 적을 두었던 친척을 찾는다고 대답한다.

"그라믄 국악진흥회에 가보소. 거기가 권반 후신이니 기적(妓籍)이 있을 낍니더."

텔레비전에서 공옥진을 보았다는 사람이 몸을 일으킨다.

"나갑시더. 내가 진흥회를 갈차줄끼요."

국악진흥회로 가는 길목에 낙원목욕탕이 있었다. 그 대중탕이 향난이라는 명기가 운영했다고 복덕방 사람이 일러준 후 '옛날 온천장은 1급 유흥지이자 휴양지였다, 밤에는 요릿집이 흥청거렸다, 내로라하는 사장과 높은 사람들이 왔고 박정희 대통령 혁명 시절에는 장군들의 지프가 길을 도배했다, 온천물도 일급수라 역대 임금님들이 애호했고 지금도 전국 각지에서 목욕객들이 몰려와 대중탕은 날마다 초만원이다, 우린 또 금강공원이 있다, 식물원도 있다, 봄에는 사쿠라 꽃이 장관이라 상춘객들로 발 디딜 틈이 없다'고 쉬지도 않고 홍보했다. 유흥지와 권번, 요릿집, 박정희 대통령 혁명 시절……. 동규는 대충 그런 식으로 기억을 입력했다.

"여깁니더."

두껍고 긴 나무판에 '국악진흥회'라고 쓰인 간판이 걸려 있다. 노인이 안으로 들어가서 총무를 부르자 한복을 입은 총무가 나왔고 노인은 그에게 동규를 넘긴 후 되돌아갔다. 총무가 볼일이 뭐냐고 물어온다.

"오래전에 여기에 적을 두었던 분입니다. 송다연씨라고, 기적에 있을 거라고 했습니다. 찾아봐주시면 사례하겠습니다."

"그냥 오래전이라 카믄 못 찾아요. 언제 적이었는지 확실히 말해야지."

동규가 해방 후라고 대답한다. 대충 잡아 계산한 것이다.

"기다려보이소."

총무가 기록부를 찾으려고 안으로 들어가자 적막이 끼어든다. 명색이 국악진흥회인데, 이처럼 조용한 것은 오후라서 그런가? 맞은편 넓은 방에는 장구와 북, 고운 의상들이 걸려 있다. 소리와 춤을 배우는 방인 것 같다. 뚱뚱하고 볼품없던 그 여자도 오래전 여기서 고운 옷을 입고 춤을 추었다? 믿을 수가 없다. 총무가 기록부를 들고 나와 속지를 넘기기 시작한다. 누렇게 빛바랜 한지를 일곱 장쯤 넘긴 후 송다연을 찾아낸다.

"여기 있네요. 예기였고, 동래학춤의 구음(口音)과 소고, 산성풀이춤이 전공이었고, 놀음을 나간 적은 없고…… 아, 여기서 잠깐 춤선생을 한 적도 있네요."

"춤선생이라면?"

"동기들을 가르친 적이 있다, 그 말입니더."

"아, 네."

춤선생까지 했는데 소개소 일을 했다? 그 정도 실력자가 왜 돌아오지 않고 무허가 소개소에 주저앉았을까? 하긴 그래, 그 여자도 전과자, 고향으로 되돌아올 수가 없었겠지.

"그 사람에 대해 잘 아는 분이 계실까요?"

"없을 낍니더."

동규가 여자에 대해 확인한 것은 짧은 기간 춤선생을 했다는 것, 그것뿐이다. 이 정도 사실을 가지고 보석이라고, 그 보석을 캐라고 거금을 걸지는 않았을 것이다. 동규가 머뭇거리고 있자 총무가 다시 기록부를 넘겨본다.

"여기 보니 송다연, 그분의 부친이 동래학춤 전승 원자로 되어 있네요. 이쪽으로 가서 이분한테 물어보이소."

총무가 건네준 쪽지에는 '동래학춤보존회, 보존자 김학기'와 전화번호가 적혀 있다. 국악진흥회를 나오면서 하늘을 보니 해가 넘어가고 없다. 오늘 내로 일을 끝냈으면 좋겠는데, 그랬으면 정말 좋겠는데……. 동규는 조급증을 누르고 알려준 주소지의 장전동 쪽으로 달리다시피 걸어간다.

4

선원장은 바랑을 메고 사찰을 나선다. 8시 버스를 타면 서울에는 12시 전에 도착할 것이다. "은실아, 그 녀석이 나오기 전에 살림살이부터 장만해놓고……" 다연 언니가 암자로 온 것은 2년 전 겨울이었다. 병이 깊었던 언니는 통증이 올 때마다 이를 악물고 견디면서 병원에 가지 않았다. "은실아, 보험금 수령은 네 앞으로 해두었다. 그것과 적금과 저금을……" 앞에서 트럭이 온다. 쌀을 시주하러 오는 박씨다. 그가 차를 세우기 전에 선원장이 먼저 손을 흔들어준다.

오늘은 서울 가는 사람들이 많다. 뒷자리에 앉은 자매가 간장 달이는 방법을 이야기한다. 따뜻한 목소리로 조근조근 일러주는 여인이 언니인 것 같다. 다연 언니의 잔소리가 먼 시간을 건너 달려온다.

"니 다리는 장작개비가? 무릎을 살푼 구부리고, 발꿈치를 바닥에 누르고 그 힘을 이용해서 몸을 부드럽게 돌리라 안 카나?"

기예 시험에 통과하지 못했을 때였던가? 아니지, 참, 동기는 싫다, 예기하고 싶다고 했을 때 다연 언니는 밤마다 은실에게 교습을 했다.

"성주풀이, 살풀이는 촐랑거리는 기 아니고 차분히 가라앉아서……."

알뜰히 배울 생각보다 가을대회에 합격만 바랐던 자신의 몸은 사지가 해체된 듯 각각 따로 놀았다.

"안 되겠다. 수건춤부터 먼저 해보자."

수건춤에서도 수건이 손끝에서 예쁘게 흐르지 않았다. 창(唱)으로 바꿔보았지만 자신의 목에서는 거위같이 꽥꽥대는 소리만 나왔다.

후후, 선원장의 입가에 미소가 어린다. 춤도, 창도 안 되겠다고 했을 때 나는 가야금으로 해보겠다고 주장했지. 가야금 줄은 만져본 적도 없으면서……. 예기만 될 수 있다면 망나니의 쌍칼춤이라도 추겠다고 했을 거야.

선원장은 은행지점장과 점심을 먹은 후 동대문 식기시장으로 갔다. 반상기, 도마, 칼, 물잔, 보온밥통 등 부엌 용품을 사서 용달차를 불렀다.

"정릉에 있는 아파틉니다."

선원장은 기사 옆 조수석에 오른다. 기분이 묘하게 술렁거리더니 환상을 타고 대학 교정으로 날아간다. 책이 많은 아들의 방, 대학생들을 가르치는 선비의 아들, 내 아들……. 선원장은 화들짝 놀란다. 이건 또 무슨 망상이지? 있지도 않았던 일까지 지어내다니……. 용달차가 아파트 앞에 도착한다.

"207호예요. 먼저 올라가서 문을 열어둘게요."

현관문을 열어놓고 부엌으로 가서 다용도실로 나간다. 전에 왔을 때는 날씨가 너무 추워 나가보지 못했다. "다용도실이 참 마음에 들더라. 뒤쪽이 숲이거든. 여름철에 창문을 열면 소나무 향이 스며들 거야. 녀석의 거친 넋을 진정시켜줄 테고……." 언니, 향기는 모르겠지만 늘 푸르를 이 숲은 좋네요. 등뒤에서 용달차 기사가 짐 다 옮겼다고 알려온다.

기사를 보낸 뒤 식기를 세척하기 시작한다. 언니, 녀석은 기대했던 것만큼 새사람이 된 것 같지는 않았어요. 성품이 거칠고 조급했지만 돈을 갖겠다는 집념 하나만큼은 아주 대단했어요. 솔직히 말하지만 참된 인간이 될 거라는 확신은 들지 않았는데, 그런 아이를 위한 이런 대접은……. 접시 하나가 손에서 빠져나간다. 생각들이 갈래를 치는 탓이다. 몇 번 심호흡을 한 후 다시 그릇들을 씻는다. 녀석의 고약한 인상이 떠올랐지만 재빨리 떨쳐내고 그릇들을 닦아 싱크대 진열장에 넣는다. 커피포트에 물을 올린 후 안방으로 들어가 한 달 전에 장만해둔 것을 확인해본다. 장롱 속에 이불과 요, 담요, 베개가 차곡차곡 쌓여 있다. 언니, 침구는 침대가 어때요? 요즘은 침대가 대세라던데? 언니가 고개를 저었다. "그앤 오랜 세월 감옥에 있었어. 갑자기 침대가 있으면 남의 집에 온 것 같을 거야. 그냥 이불과 요를 만들어. 좋은 목화솜으로 말이야."

선원장은 안방 문을 닫고 나와 실내를 돌아본다. 거실에는 소파와 TV가 놓였고 작은 방 두 개는 비어 있다. 녀석이 살면서 쓰임새를 결정할 것이다. 커피포트에서 물이 끓고 있다.

바랑에서 차 봉지를 꺼내 찻잔에 넣고 우러나도록 기다리는데, 찻잔 김으로부터 옛날 일들이 아슴아슴 피어오른다.

권번에 공옥진 선생님이 초빙되어 왔다. 조선 최고의 명무수라고 했다. 선생님은 예기들만 가르치기로 했지만 총무가 동기들까지 합류시켰고 그날 교습은 산성풀이였다. 선생님이 교습 전에 먼저 설명했다.

"산성풀이는 춤 중에서 표정 표현이 가장 많다. 남편들은 축성에 동원되고 아내들은 고통과 설움, 남편에 대한 그리움으로 밤낮을 보낸다. 이 서러운 대목의 절절한 표정을 보여줄 테니 잘 보고 따라 하도록 해라."

선생님이 춤으로 시범을 보였다. 슬픔 같은 것이 뚝뚝 떨어지는 표정일 때 다연 언니의 볼로 눈물이 흘렀다. 은실은 그때 생각했다. 예기는 눈물도 잘 흘려야 된다. 나는 동기니까 괜찮다……

"모두 일어나서 춤사위를 따라 하도록."

선생님이 팔을 치키고 천천히 돌다가 달을 보고 서러운 표정을 지었다. 은실은 속으로 말했다. 거기 달이 없는데요? 선생님이 춤을 멈추고 한 동기에게 소리쳤다.

"누가 우는 표정을 하랬어? 서러운 표정이야. 인내심 강한 아내가 속으로 사무치는 그런 표정!"

"선샘, 지는 아내를 안 해봤심니더."

선생님이 허 하고 탄식한 후 다연 언니를 지목했다.

"아내 안 해본 다연이, 네가 나와서 선무를 보여라."

다연 언니는 춤의 천재라고 해야 하는지, 아니면 능청을 떠는 것인지 설명을 들을 때는 눈물을 흘리더니 시범을 보일 때는 깊은 슬픔만 표현해냈다. 우는 것보다 그 표정이 더 어려운 은실은 '이 춤은 안 배운다'고 혼자 멋대로 결정해버렸다. 재주도 없는데다 흥미도 동하지 않았다.

선원장은 차를 마시면서 '반감이었던 거야'라고 생각한다. 팔자였던 것을 왜 그렇게 어깃장만 놓았을까. 숙박업소 이불과 기생들 버선 빨래로 생계를 잇던 엄마가 몸이 아파 일손을 놓게 되었을 때 할머니가 "은실아, 니가 이 집안 살림을 도와야 한다. 권반에 들어가라"라고 했고 그때 국민학교 졸업반이넌 은실은 "싫다. 나는 학생이다. 학생이 우찌 권반에 가노"라고 뻗댔으나 할머니가 공부는 "니 동생만 해도 된다"라고 하면서 강제로 입적을 시켰다. 운명은 치르지 않고는 건너뛸 수 없다는 것을 그때 알았으면 그렇게 어깃장은 놓지는 않았을 것을. 허허 참, 이런 회상은 얼마 만이지?

교습이 끝났을 때는 비가 왔다. 비를 맞고 나갈 수가 없어 신발장 앞에 우두커니 서 있었더니 다연 언니가 지우산을 펼치며 같이 쓰자고 했다. 가까워지기 싫어 늘 거리를 두었던 언니였다. 엄마가 그 집 가사나 빨래 일을 돕는다는 것이 은실이가 마음속에 쳐버렸던 철조망이었다.

"뭐 하노? 어서 가자."

엄마와 함께 만난 적이 없으니 다연 언니가 자기에 대해 알 리 없다는 생각에 은실은 우산 속으로 들어갔다. 비가 들이치자 다연 언니가 말했다.

"내한테 꼭 붙어라."

언니의 팔뚝에서 따뜻함이 느껴졌다. 경계심이 풀리면서 그냥 친해도 되겠다 싶어서 은실이 능청을 떨었다.

"언니 너거 집은 어디고?"

"동래별장 옆 개울 건너다. 너거 집은 별장 뒤쪽이라는 거 내 안다."

뭐꼬? 나에 대해 다 알고 있다는 말이가. 얼굴이 화끈거렸고 부인할 수도 없어 춤 이야기로 말머리를 돌렸다.

"언니 니는 선생님이 춤을 추실 때 눈물을 흘리대? 춤을 잘 추는 사람은 눈물도 흘리고 그래야 되는 기가?"

"선생님 춤을 보면 엄마 생각이 나서 눈물이 난다."

다연 언니는 엄마가 없었다. 어릴 때부터 아버지와 둘이서만 살았다. 은실이 엄마와 할머니가 언니네 살림살이를 돌봐주는 까닭이 그래서였다.

대중탕을 지났을 때 큰 우산을 쓴 남자가 그들 앞을 가로막았다. 그가 대뜸 다연 언니의 손에서 우산을 빼앗더니 그 우산을 은실에게 쥐어주고 언니를 자기 우산으로 끌어들이며 혀짧은 소리로 말했다.

"다연이는 내가 델다줄 것이니 니는 그 우산 쓰고 혼짜 가그라."

다연 언니는 그 남자를 왈칵 밀어내며 "돌았나? 내가 와 모르는 사람 우산 쓰냐?"라고 퇴박을 주고 은실 우산 속으로 돌아왔다.

"니가 와 나를 모르노? 어제도, 그제도 봤잖아!"

"미쳤나? 내가 언제 댁을 봤노?"

다연 언니는 남자를 피해 재빨리 걸었고 남자는 뒤따라오면서 못을 박듯 말했다.

"니는 내 수하에서 못 벗어난다. 반드시 내 사람으로 만들고 말 거시다!"

다연 언니가 따지려고 휙 돌아섰는데, 남자는 이미 뛰어가고 있었다. 은실이가 물었다.

"혀짤배기 저 남자, 누고? 누군데 저리 시건방을 떠노?"

"내가 구음하러 가는 춤방 옆 양옥집 조카라 카더라."

"어디 남잔데?"

"몰라. 안질이 나빠서 온천물에 요양하러 왔다는 말은 들었다만 직접 말 섞어본 적은 없다."

"그래도 눈은 제대로 박힌네? 안질이 나쁘다믄서."

"무신 소리고?"

"언니, 니가 쪼깨 새첩(깨끗하고 예쁘다)다 아이가."

그때 언니가 '이런 상황에서 그런 말은 칭찬이 아니고 욕'이라고 지적해주었다. 행실 나쁜 남자 눈에 예뻐 보이는 것은 좋은 일이 아니라는 뜻이었다.

동래별장 앞이었다. 뒷마을로 가는 길은 두 갈래로 별장 정문에서 오른쪽이나 왼쪽 담을 끼고 올라가야 했다. 달밤이면 오른쪽 담장 안의 나무에 옷고름이 걸려 펄럭이고, 비가 올 때는 울음소리가 들린다고 했다. 소문을 들은 이후 은실은 항상 왼쪽 길로만 다녔는데, 다연 언니는 주저 없이 오른쪽 길로 들어섰다. 하긴 언니 집이 그쪽 방향이긴 했다. 은실은 다연 언니의 팔을 꼭 끌어 잡고 물었다.

"언니야, 니는 이 길로 지나다닐 때 안 무섭나?"

빗방울이 뚝뚝 떨어지는 나뭇가지를 올려다보면서 다연 언니가 대답했다.

"무섭기는. 달밤에 내려와보면 나무에 걸린 달에서 엄마가 웃고 있는데."

엄마야, 이건 또 무슨 소리고? 소름이 돋았다. 집으로 돌아오자마자 은실은 엄마를 잡고 따지듯 물었다.

"엄마, 별장에서 기생이 죽었다 카는 거, 거짓말이제?"

"야가, 베란간 무신 소리고?"

"왜놈 대장이 일본에서 시찰을 왔는데, 그때 놀음 나온 기생한테 수청을 들라캤다는 것 말이다. 싫다고 도망치니까 따라와서 군도로 찔러 직였고, 그래서 그 기생 혼이 나무에 붙어 있다는 것 말이다!"

감기로 누워 있던 할머니가 일어나서 헝클어진 머리를 쓸어올리며 말했다.

"죽임을 당한 이는 기생이 아닌 춤선녀였다."

"그라믄 할매야, 왜놈이 직인 기생은 기생이 아니고 하늘에서 내려온 선녀였단 말이가?"

할머니가 이야기를 에둘렀다. '춤선녀 모친이 동래부 관기, 무수였다. 진주성 관기들과 어깨를 겨루던 실력파였는데, 그런 관기들을 왜놈들이 들어오면서 없애버렸다. 해체당한 관기들은 자신들이 갈고닦아온 기예는 물론 전통까지 사라지게 할 수 없다고 하여 권번을 만들었다. 처음 명칭은 예기조합이었다. 어린 처녀들을 모아 판소리, 단가, 가야금병창, 승무 등을 가르쳤는데, 이때 그분 모친이 춤선생을 했다. 많은 농기를 명기로 만드셨지. 나비춤을 전수받은 그분 따님은 일본에도 초청되어 가서 춤을 추었다. 권번도 번창했지. 일본인들이 운영하는 여관과 요릿집이 우후죽순처럼 들어서면서 가무도 그만큼 필요했기 때문이다. 권번에서는 규칙을 정했다. 철저한 교육과 시험제도를 도입, 기예 시험에 합격한 사람들만 연회장 출입을 허용했다…….'

"할매, 내가 지금 그런 걸 물었나?"

"그날 왜놈 장군이 온 것은, 맞다."

장군을 보필하고 온 사람은 담배 등 무역업으로 떼돈을 번 상인이었다. 또한 그는 부산 진부 일대의 땅을 강제로 매입해 고가로 팔아치운 투기꾼이기도 했는데, 그가 장군과의 거래를 위해 동래별장 연회를 열었고 그날 춤선녀가 불려갔다.

"투기꾼이 나비춤에 대한 소문을 듣고 춤선녀를 부른 기라."

춤선녀가 춤을 다 추고 나와 옆방에서 옷을 갈아입을 때 투기꾼이 들어와 그이를 끌고 다시 장군한테로 데려갔다. 수청을 들라고 말이지. 혼도시만 걸치고 군도를 들고 있던 장군이 춤선녀에게 다가왔다. 춤선녀는 얼결에, 아주 얼결에 품에서 장도를 꺼냈고 군도를 피하느라 몸을 돌리면서 상인을 찔렀고 그와 동시에 장군이 군도로 춤선녀의 등을 내려찍었다.

다연 언니는 달밤에 별장으로 내려오면 나뭇가지에 걸린 달에 자기 엄마가 웃고 있다고 했다. 나비춤을 추고 죽임을 당한 사람이 다연 언니의 엄마였냐고 은실이 재차 물었으나 할머니는 "그 장군도 배 타고 가다가 벼락을 맞았다"라고 전혀 엉뚱한 대답을 했다. 은실이 빽 소리를 질렀다.

"그 춤선녀 다연 언니 엄마 맞제?"

"춤선녀는 사람 엄마가 아니다."

할머니의 대답이었다.

현관 벨이 울린다. 전화국에서 전화선 개설차 나온 것이다.

5

　동규는 욕조에 몸을 담그고 눈을 감는다. 동래학춤보존회 사무실에서는 매우 연로한 노인이 혼자서 바둑을 두고 있었다. "김학기요? 출타중인데, 무슨 일이오? 송다연이라? 가만, 송판술 선생 딸 같은데, 그래, 다연이는 지금 어디 있어요? 뭐요, 죽었다꼬요? 그란데 당신은 누구요? 누군데 죽은 사람 찾아와서 묻는 기요?" 동규는 가방에서 워크맨을 꺼내 보이며 기자로 사칭했다. 순간적인 기지였다.

　"그니까 그 아가 해방 후 첫번째 예술제에서 장원을 했는데, 그걸 알고 싶다 이거지요? 그 일이라 카믄 김학기가 잘 알지만도 우짜지요? 학기는 밤늦게 돌아올 낀데."

　밤늦게 온다면 내일에야 만날 수 있다는 말이었다. 새 세상의 문은 더디게 열리고 마음은 조급해지고……. 동규가 부탁해보았다.

"어르신께서 대충이라도 말씀해주시면 안 될까요?"

"대충이라…… 그라모, 학기 모친이라도 먼저 만나볼란기요?"

학기씨 노모는 친구 노파와 함께 안방에서 콩을 고르고 있었다. 동규는 김학기 선생님을 만나러 왔다. 그분이 밤늦게 돌아오신다기에 노모께라도 이야기를 좀 들어볼까 해서 왔다고 대충 설명하자 노인이 콩 자배기를 옆으로 밀쳐놓으며 날씨가 추우니 어서 들어오라고 했다. 방에 들어가서 윗목에 앉는데, 노모의 친구 노파가 동규를 유심히 바라보았다. 어색해서 얼굴에 뭐가 묻었느냐고 물었더니 먼 친척 아들과 닮아서 그랬다, 미안하다고 말했다.

"볼일이 뭐라 캤지요?"

학기씨 모친이 물었다.

"송다연씨가 춤을 잘 추었다는데, 그에 대한 얘길 좀 들었으면 합니다."

"다연이라 카믄 이 친구가 더 잘 압니더."

친구 노파가 자기가 아는 것은 송다연이 어릴 적 이야기밖에 없다, 그거라도 듣겠느냐고 되물었다. 여자가 바랐던 것은 자신은 춤을 잘 추었다, 그 증거를 찾으라는 것이었다. 국악진흥회에서 알려준 것은 부친이 학춤 전승자라 했고 동래학춤보존회 사무실에서는 무슨 예술제에서 상원을 했다고 했다. 춤에 대한 이야기가 아니라면 들을 필요가 없겠다 싶어 몸을 일으키려는데, 노파가 이미 이야기를 시작하고 있었다.

　어릴 때 엄마를 잃은 다연은 제 아버지한테서 떨어지지 않
았다. 변소도 따라다녔고 잘 때는 아비 배 위에 붙어서 잤다.
옛날 사람들이 입던 핫바지는 가랑이가 넓었다. 아비가 몰래
외출하려다 들킨 이후로는 바짓가랑이 속에 들어가 있기도
했다. 다연이 다섯 살 때였다. 달빛이 흐드러지기 시작할 무렵
이면 아비 송판술은 마당에서 춤 연습을 했고 아이는 마루
에 오도카니 앉아 아비의 춤사위를 지켜보았으며 아비의 팔
이 올라가면 아이의 눈길도 따라 올라갔다. 아비가 날갯짓으
로 마당을 한 바퀴 돌고 멈춘 뒤 외발로 서서 달을 처다보며
그 자세 그대로 꼼짝도 하지 않자 아이가 물었다.
　"아부지야, 니 달 보고 뭐 하노?"
　"니 엄마캉 이바구한다."
　"엄마, 어디 있는데?"
　"달 속에 있다."
　"내 눈에는 안 보이는데?"
　"어서 커라. 그라믄 볼 수 있다."
　"지금 보고 싶다. 고마 달에서 내리오라 캐라."
　명무수 송판술은 아이를 안아와서 함께 춤을 추었다. '너
름사위, 뜀사위, 두 팔 활짝 벌리고…… 어라, 우리 딸, 춤선
녀 되겠네…….' 동래별장에서 춤놀음 요청이 들어왔다. 남

자, 그것도 학춤을 요청한 일은 전례가 없던 일이었다. 송판술은 몸이 아프다는 핑계로 부름을 거절했다. 조선인 지배인은 손님이 직접 요청한 일이라 거절할 수 없다면서 통사정했다. 판술이 물어보았다.

"요청했다는 사람이 누구요?"

"총독부 고위관리들입니다."

동래별장 주인 하자마 후사타로는 일찍이 부산으로 와서 토지 약탈과 고리대금 등으로 자금을 축적한 뒤 온천장에 별장을 지었다. 이 별장에는 일본 왕족과 총독부의 고위관리들이 방문하거나 머물렀고 하자마 후사타로는 그들을 위해 연회를 베풀기도 했다. '흥놀이꾼으로는 주로 여성 예인이나 기생을 불렀는데, 학춤이라니! 하필 또 왜 나란 말인가.' 그럼에도 불구하고 판술은 거절할 수 없었다. '조합에서 착각한 것 같다, 나의 학춤은 동래에서만 추는 지방 춤이다, 경성과는 판이하게 다르다'는 설명을 할 수도 없었다.

춤놀음이 있는 그날 새벽, 판술은 금정산에 올랐다. 산봉우리를 넘어 계곡에서 목욕하고 춤 옷으로 갈아입은 뒤 숲속으로 들어갔다. 쌀과 대추가 뿌려진 굿터를 지나 안쪽으로 깊숙이 들어가면 아주 잘생긴 큰 바위가 있었다. 마음이 어지러울 때면 찾아오는 이 바위가 판술이 오래전에 지정한 자신만의 신단이었다. 그는 신단 앞에서 춤을 추기 시작했다. 동래 학춤 중 가장 활기찬 대목, 넓은 팔소매를 활짝 펼치고 큰 학이 힘차게 날아오르는 춤사위로 바위를 세 바퀴 돌아온 후 신단 앞에 꿇어앉아 선조님들께 사죄했다.

"지가 오늘 죄를 지으러 갑니더. 살기 위해서는 죄도 지어야 하는 기 이놈의 세상입니더. 지가 왜놈들 앞에서 춤을 출 때 매우 분하시겠지만 그냥 좀 참아주이소."

마지막으로 그는 소나무에 혼띠를 던져 걸고 아내를 불렀다. 아내는 애무를 좋아했다. 그는 부드럽게 살을 비볐다. 아내가 쌕쌕거렸고 그가 귓불을 물어주었다. 아내의 입에서 교성이 터져나왔고 서로 출렁거리며 절정으로 치달았다. 부부의 밀행은 아름다운 비밀이어서 언어로 표현하면 금방 상해버린다.

별장 연회는 저녁 7시부터였다. 총독부 경무국장이 본국으로 떠나는 송별연이었다. 경무국장을 배웅하기 위해 부산까지 동행해온 총독부 고위관리들과 부산 군수, 경찰국장이 기생을 끼고 앉아 요란하게 웃어대며 술잔들을 주고받았다. 판술이 도착한 것은 8시였다. 여성 대기실에는 부채춤, 가야금, 거문고, 북춤, 곱추춤을 추는 기녀들이 놀이판을 기다리는 중이었고 옆방에는 검은 옷을 입은 야로 가부키(野郎歌舞伎, 남자 가부키)와 샤미센(三味線)을 든 여자가 앉아 있었다. 지배인이 그들 방으로 판술을 데려가 일본말로 물었다.

"오늘 남성 놀이판은 송판술씨와 히타로씨 두 분입니다. 어느 분이 먼저 하시겠습니까?"

히타로가 샤미센과 함께 먼저 연회실로 들어갔다. 판술은 가부키와 학춤을 동시에 부른 까닭을 생각해보았다. 그들은 죽었다 깨어나도 동래학춤의 진의를 모른다. 알았다면 공연이나 놀음을 금지했을 것이다. 그러니까 그들은 조선 학춤은 소박하고 가부키는 화려하다고 판단, 비교해 기를 죽이려는 수작인지도 몰랐다. 정말 그런 의도라면, 그 의도를 조선인 지배인이 알고 끼어들었다면 그놈은 언젠가 칼침을 맞을 터였다. 판술은 자기 생각을 수정했다. 아니다. 왜놈들 앞에서 학춤을 춘다는 것은 언젠가는 떨치고 일어난다는 예언이 될 수 있다. 그래, 그것이다. 동래학춤의 참뜻은 부활, 놈들에게 부활을 예고해주는 것이다.

연회실 오른쪽 복도에 작은 쪽문이 있었다. 판술은 다연을 그곳에 데려다놓았고 다연은 쪽문을 통해 연회실 안을 들여다보았다. 흰 종이를 깐 긴 요리상에는 난생처음 보는 요리들이 가득했다. 판술이 춤을 추고 한 기생이 장구를 쳐주었다. 판술의 춤사위가 조금 이상했다. 달빛 아래서 하늘에 있는 아내를 보며 춤을 출 때는 마디마디가 부드럽게 하늘거렸는데, 오늘은 장작개비처럼 뻣뻣했다. 뻣뻣한 팔로 흰 소맷자락을 활짝 펼쳤고 뻣뻣한 다리로 겅중겅중 뛰었다. 한 번 두 번, 제자리 뜀을 한 뒤 외다리로 섰다. 이제 고개를 쳐들 것이다. 판술의 눈길이 천장에 매달린 샹들리에로 향했다. '우야꼬, 아부지야, 그건 달님이 아니다!' 판술은 춤사위를 바꾸었다. 소매를 걷어올리고 모둠뛰기를 하는데, 참사관이 깐 밤을 던졌다. 깐 밤이 도포 자락에 맞았지만 판술은 모른 척 자전 뛰기를 했다. 참사관이 춤을 중지시켰다.

"그만! 저건 진짜 학춤이 아니야! 경성에서 본 것은 청학 홍학이고, 옷도 진짜 학처럼 입었어. 먹을 것을 던져주면 흥감하게 쪼아먹었단 말이야!"

그 순간이었다. 지배인이 다연의 뒷덜미를 잡고 "어린애는 여기 있으면 안 된다"라고 하며 대기실로 끌고 갔다.

호텔 방문에서 노크소리가 들려온다. 주문한 것이 온 모양이다. 웨이터가 소주 한 병과 오징어, 양초를 담은 쟁반을 건네준다. 동규는 쟁반째 탁자에 놓고 촛불을 켠 뒤 술잔에 술을 채운다.

"아버지, 잔 받으세요."

감옥살이 10년째가 되던 해 겨울, 어제 아니면 오늘쯤 되던 날이었다. 교무과장이 불러 부친이 사망했다, 이틀간 특박이니 다녀오라고 했다. 교도관과 동행해 버스에 올랐다. 차창을 내다보면서 동규는 부친이 사망했다는 말을 뇌어보았다. 아무 느낌도 없었다. 최소한 슬퍼는 해야 한다 싶어 눈을 감고 누선을 쥐어짜보면 가라테를 하던 손날만 떠올랐다. 그런 기억은 죽은 사람에 대한 예의가 아니다 싶어 잠을 청했다. 긴 시간 꿈도 없이 머리 방아를 찧어대다가 눈을 떴을 때 버스는 서울역을 지나고 있었다. 시계탑이 알은척했다. 오래전 기억들이 휘몰아쳐왔다. 한때 가출 소녀 사냥 일을 한 적이 있었다. 그땐 서울역 시계탑으로 출근했는데, 비나 눈이 와도 나가야 했던 것은 그런 날이라고 해서 열차들이 쉬는 법이 없었기 때문이다. 그날은 호남선 열차가 첫 탕이었다. 승객들이 쏟아져나왔다. 남자, 여자, 두루마기를 입은 노인 다 걸러내고 동규는 한 소녀를 보았다. 머리를 양 갈래로 땋아 내리고 보따리를 든 것이 가출 소녀가 틀림없었다. 지체 없이 다가들었다.

"아가씨, 취직시켜줄게요. 청계천에 재봉공장이 생겼어요. 일거리는 많은데 일할 사람이 모자라요."

여자아이가 모호한 표정으로 고개를 저었다.

"먹여주고 재워주고 월급도……"

등뒤에서 누군가가 부르자 여자아이가 "오빠"라고 외치며 그쪽으로 달려갔다. 대학생 교복을 입은 진짜 오빠가 마중나온 것이었다. 허탕을 치는 일이 많았지만 제대로 낚을 때도 있었다. 단발머리 아이가 그랬다. 그날도 낚시 밑밥은 언제나 똑같은 재봉공장이었다.

"나는 바느질할 줄 모릅니다. 그보다 애기보기는 잘합니다."

계모한테 시달리다가 가출한 열다섯 살짜리 아이가 세 살 더 먹은 동규 때문에 뒷골목 창녀가 되었다. 잠깐 기둥서방을 했던 추자도 있었다. 일껏 속여서 데려왔는데, 계집애가 도망

질하는 바람에 감시를 위한 기둥서방이 된 것이었다. 기둥서방한테도 화대부터 달라던 그 악바리는 지금쯤 어디에서 무엇을 하고 살까? 그 일도 작파할 날이 왔다. 귀옥이 덕이었다. 귀옥도 여느 소녀들처럼 혼자서 서울역에 내렸다. 열일고여덟 살쯤 되어 보이는 처녀, 속아 넘어가기에는 나이가 좀 지났지만 운에 맡기고 다가갔다.

"저……."

"옴마야, 니 동규 아이가?"

국민학교 동창 귀옥이었다. 이웃에 살았고 등하교 길에도 자주 만났던, 속으로 좋아했던 아이였다. 동규는 놀라서 더듬거렸다.

"니가 서울엔 우찌 왔노?"

"친척 아저씨가 취직시켜준다 캐서 왔다."

주소를 보여주었다. 미아리였다. 잡다하게 떠오르는 갈등을 침 뱉듯 뱉어버리고 미아리를 향해 앞장섰다.

"가자, 내가 집 찾아줄꾸마."

귀옥과 먼 일가라는 사람은 사흘 전에 이사가고 없었다. 어디로 갔는지 이웃들도 알지 못했다. 갈등이 찾아왔다. 먹여주고 재워주고 화장품도 사주는 곳, 그런 곳으로는 데려갈 수 없었다. 신설동 설렁탕집 주인아줌마가 생각났다. 아이스케키통을 메고 다닐 때부터 죽은 아들을 닮았다고 귀여워해주던 아줌마가 귀옥에게도 청소와 설거지 일을 맡기면서 숙식을 해결해주었다. 눈가의 주름이 푸근하던 아줌마, 은혜를 갚아야 할 단 한 사람. 그날 이후 동규는 신설동 번개파의 똘마니로 근거지를 옮겼다. 일종의 진급이었다.

아버지는 이불 홑청을 쓰고 방 윗목에 누워 있었다. 방은 냉골이었지만 벽에 여자 옷이 걸린 것으로 보아 함께 사는 사람이 있는 것 같았다. 교도관이 동규에게 자기는 파출소에서 자고 내일 아침에 오겠다, 그래도 문제가 없겠냐고 물었다.

"저 도망 안 가요. 걱정 말고 다녀오세요."

동규는 벽에 기대앉아 여자를 기다리면서 계속 도망치는 상상을 했다. 어디론가 달려가면 그곳이 산속이든가 아무도 없는 광장이었다. 갈 곳을 잃고 빙글빙글 돌다가 앉은 자리, 이불 홑청을 쓰고 누운 아버지 옆으로 돌아왔다. 도망가면 잡히고 잡히면 가중처벌, 동규야, 이제 시시한 생각, 그만 좀 하자.

"아버지, 당신 인생도 참 시시했어요."

아버지가 서울로 올라왔을 때는 번개파가 창신동파로 흡수된 몇 달 뒤였다. 동패들과 어울려 귀옥이 있는 식당으로 들어가는데, 그 앞에서 기다리고 있던 남자가 동규 팔을 잡아챘다. 아버지였다. 여자 하나를 증오하느라 시간을 탕진하다가 마음잡고 프로판가스 수입 사업을 했는데, 가스를 싣고 오던 배가 바다에 가라앉아 재산 다 털어먹고 쫄딱 망했다면서 아들인 동규가 자기를 먹여 살려야 한다는 것이었다.

"니 집이 어디고, 가자."

집이 없다, 친구들과 하숙한다고 말하자 당신께서 서울에서 살아야겠으니 방을 하나 얻으라고 했다.

"저 방 얻을 돈, 없어요."

"그람 내가 니 오야붕을 만나보겠다."

아버지와 함께 살던 여인이 돌아왔다. 식당 일을 하는데, 결근할 수 없어서 아버지 혼자 두었다면서 미안하다고 했다. 그녀 얼굴이 누군가와 닮아 보였다. 머리를 틀어올려 뒤통수에 도넛처럼 붙인 사람, 동규를 키워준 친할머니, 동규가 중학교에 들어간 날 할머니가 말했다. '우리 집안은 일찍이 일본으로 건너갔다, 오사카에서 군수품 사업을 해서 큰돈을 벌었다, 네 할아버지는 자가용을 타고 다니다가 일본이 망하기 전에 모든 재산 다 정리해서 고향 진주로 귀국했다, 거기서 시누들과 사촌들은 각자 자기 살 곳으로 헤어졌고 우리는 대구에 땅과 건물을 사서 이리로 왔다……' 어릴 때 일본으로 들어가서 한국말을 잘 배우지 못했다는 할머니는 일본 노래를 좋아했고 김치나 된장이 아닌 우메보시, 나라즈케 같은 반찬을 즐겼다. 동규가 삼대독자라면서 잘 거두어주던 할머니, 아버지로부터 보호막이 되어주었던 할머니는 동규가 집 떠난 이듬해에 세상을 떠났다고 했다.

여인이 말했다.

"아버지께서 사업하겠다고 해서 내가 보증을 섰는데 갚지 못하고……."

"나에게 빚을 갚으라고 감방에 있는 사람, 불렀습니까?"

벌컥 화를 내자 여인이 주춤했다.

"알았어요. 내가 떠안을 테니 초상이나 치르지요."

동규는 새로 산 시계를 본다. 바늘이 12시를 넘고 있다. 이제 작별할 시간이다.

"아버지, 이제 당신과도 영원히 작별할 시간입니다. 저에게 과거는 없고 미래만 있을 뿐이며 그 미래에는 당신이 차지할 자리가 없습니다. 안녕히 잘 가십시오."

동규는 화장실에 소주를 뿌리고 촛불을 끈 후 자리에 누웠다.

6

늦은 밤에 귀가한 선원장은 먼저 대웅전으로 들어가 부처님께 절을 올린다.

"요사이 제가 좀 짤짤거리고 돌아다니지요? 사람을 보살피는 일도 수행 중 하나라고 부처님께서 하신 말씀이니 미쁘게 봐주십시오."

부처님께 보고를 끝내고 영단 아래에 모신 유골함을 꺼낸다. 향나무 냄새가 은은하다. 다연 언니가 너 기다리고 있었다고 향내로 말하는 것 같다.

"전화선도 연결했어요. 냉장고 음식은 그가 올라오는 날 채워놓을게요."

아미타불 앞에 유골함을 놓고 천원문을 시작한다. 이제 이승 일은 다 잊고 극락으로 가라고 길게 축원문을 올리려는데, 하품이 끼어든다. 정신을 가다듬고 다시 시작하는데, 이번에는 졸음이 파도처럼 덮쳐온다.

봄이었다. 풍류객들의 단합대회 겸 들놀이가 있었다. 금정산 북쪽 산성 앞자락에서였다. 은실은 소고를 들고 큰 기생의 뒤를 따랐다. 춤, 창, 어느 것 하나 통과된 것이 없으니 예인들의 재주를 보고 좀 배우라면서 총무가 큰 기생의 조수를 시킨 것이었다. 금정국민학교를 지나 왼편으로 꺾어 돌아 산성길로 들어섰다. 식물들과 나무들이 연초록 잎들을 내밀고 살랑바람과 놀았다. 산철쭉이 하늘거렸고 덩굴 잎 사이사이에서 빨간 명자꽃이 불꽃처럼 피어나 있었다. 가슴속에서 뭔가가 휘돌았다. 출처를 알 수 없는 설렘이었다. 큰 기생이 일깨워주었다.

"어서 안 오고 뭐 하노?"

"예, 갑니더."

성터 앞에 도착했다. 그 넓은 공터가 이 지방의 풍류객들이 수백 년 전부터 놀아왔다는 장소였다. 전에는 활터도 있었다는데, 지금은 흔적조차 남아 있지 않았다. 여러 사람이 벌써 도착해 있었다. 은실은 제법 넓적한 바위에 큰 기생과 앉아 참가자들을 살펴보았다. 각자 신분이나 놀이옷을 입고 여기저기서 서성이거나 담소를 나누고 있었다. 은실의 시선이 선비들 쪽으로 향했다. 선비 참가자들은 다섯 명이었다. 각기 양반 갓에 두루마기를 착용하고 손에는 한지를 들었는데, 그

중 두 사람은 한지를 펴들고 자기 차례에 대비해 시어 낭송을 연습하는 중이었다.

"선비들 손에 든 거 저기는 뭡니꺼?"

오늘 낭송할 시어나 시조일 거라고 했다. 학춤 사람들도 도착해 있었다. 선비들 자리에서 조금 떨어진 곳에 진을 친 학춤 무수는 다섯 명, 그들 모두 검은 갓에 흰색 도포와 바지저고리, 버선, 미투리를 착용하고 무슨 이야기를 하는지 하늘을 향해 하하 웃었다. 그들의 동패들은 꽹과리, 징, 장구, 북을 끼고 앉아 자기네들끼리 담소를 나누었다. 그 옆에 다연 언니도 있었다. 돌아앉은 것이 구음 연습을 하는 모양이었다. 한 지게꾼이 올라왔다. 지게에는 가야금이 올려져 있었고 가야금 산조로 이름난 기생이 옥색 치마꼬리를 휘날리며 뒤를 따랐다. 오늘 참가 기생도 명기 다섯 명이었다. 동래야류꾼들이 도착했다. 단지 길트기를 할 뿐인데도 양반, 종가도령, 말뚝이, 할미, 제대각시 등 구성원 전원이 각자의 역할복과 바가지 가면을 들고 꽹과리를 치면서 시끌벅적하게 들어왔다.

산 뒤쪽 산성 마을에서 지게꾼들이 탁주 동이를 지고 넘어왔다. 야류꾼들이 먼저 바가지에 탁주를 받아 돌려 마신 뒤 본격적으로 길트기를 시작했다. 몽당치마를 입은 할미가 치마에 담은 풀잎을 참가자들 앞에 획획 뿌리고 지나갔다. 흥겹게 놀라는 축원이었다. 고령의 선비가 나와 행사 시작을 알렸다.

"선비들 납시오!"

선비들이 첫 순서로 나섰다. 그들 다섯 명이 차례로 나와 자작시를 낭송했지만 무슨 말을 그토록이나 심각하게 읊어대는지 은실은 도통 알아들을 수 없었다. 세번째 선비가 나왔다. 선비의 목에서 시조가 아닌 옥구슬이 흘러나왔다. 옥구슬들이 햇빛에 반짝이며 은실 몸으로 스며들었다. 어, 이 기분은 뭐지? 가슴 가운데 심줄이 찌릿하네? 우야꼬, 머릿속도 흔들거리네. 선비들 차례가 끝났는데도 은실이 정신을 차리지 못하자 큰 기생이 부채로 등을 찰싹 때렸다. 기생들 차례가 왔다.

"내 소고는 어디다 뒀노?"

"예, 예, 여기 있습니더."

소고춤으로 시작해 가야금, 창으로 이어졌다. 이곳 기생들의 공통점은 자신들의 특기보다 족보를 더 중히 여기고 자랑한다는 것이었다.

우리는 동래성 관기의 후예야!

명창대회에서 기자들과 대담할 때도 "저흰 동래 관기의 후예입니더"라고 명토 박아 말했다. 그들 또한 일제에 통폐합을 당했고 그냥 사라지기가 억울해 다시 뭉쳐 권번을 만든 것뿐인데, 그것이 뭐가 그리 뽐낼 일이라고 쇠심줄 같은 자존심을 세우는지 도무지 이해할 수 없다고 구시렁대는 선비들도 있었다. 기생편 마지막 순서로 권번 대표 명기 향난이 나왔다.

그녀의 대표 춤은 승무였는데, 오늘 준비한 것은 춤이 아닌 소리였다. 그녀는 소리도 잘해서 정한의 고려가요와 정가를 부르기도 했는데, 오늘은 가요나 정가가 아닌 재래 가곡이었고 그 창법도 여창이 아닌 남창(男唱)으로 〈청산별곡〉을 불렀다. 소리꾼들은 모두 성별 구별 없이 성대모사를 할 수 있지만 고상한 음정은 남성들의 자존이기도 했는데, 그조차 기생들한테 빼앗겼다 싶은지 선비들 얼굴에 열패감이 번졌다. 뒤이어 꽹과리, 북, 장구, 징이 울리면서 자진모리가 시작되었다. 동래학춤이었다. 다섯 춤꾼이 넓은 소매를 펄럭이며 마당으로 날아들었다. 다연 언니의 구음에 맞춰 우아하게 펼친 날개가 부드럽게 너울거렸고, 한 발을 들고 조용히 서서 사색하는 동작을 취했으며, 다시 날개를 폈다가 오므리고 허리를 굽혀 양손으로 허벅다리를 치면서 들고 있던 발을 내리고 좌우로 흔들다가 기품 있게 뛰어오르는 춤사위, 그 기개가 자신들이 실추했던 품위를 되찾아준 듯 선비들의 얼굴에도 화색이 돌았다.

쉬는 시간이었다. 끼리끼리 어울려 술잔을 나눌 때 다연 언니가 은실에게로 왔다.

"언니야, 학춤을 출 때 선비들 얼굴에 화색이 돌대. 그런 조화가 와 일어났을꼬?"

"학춤은 기품 있는 선비춤이거등. 기생들 기량에 야코가 죽었는데, 학춤이 남자들 체면을 살려줬다는 기지. 이리로 올 때 한 선비가 그렇게 말하는 거 들었다."

세번째 나왔던 그 선비도 지금 하하 웃고 있었다. 은실의 심장이 들뛰었다. 은실은 다연 언니의 손을 끌어와 자신의 가슴에 올렸다.

"언니야, 지금 내 가슴이 엄청나게 뛰제? 저기 서 있는 저 선비 말이다, 저분 시조 소리 듣고부터 이런다."

"시조 소리가 우쨌는데?"

"몰라, 그냥 좋다. 너무너무 좋다. 가서 이야기 한번 걸어보믄 안 되겠나?"

"큰일날 소리! 니는 동기다. 머리 올릴 때까지는 남자를 마음에 품을 수 없다. 그러면 퇴원 된단 말이다!"

"퇴원이 문제가 아니다. 이러다가 내 가슴이 먼저 불타뿔 기다."

놀이가 끝나고 귀가할 때 다연 언니가 '방법이 있다, 예기로 바꾸면 된다'고 했다.

"내가 무슨 재주로 예기가 되노?"

"내일부터 밤마다 우리집에 온나. 내가 성주풀이, 살풀이 다 갈차주께. 가을대회에 합격만 하면 예기로 전향할 수 있다."

밤마다 다연 언니에게 배웠지만 은실의 뻣정다리는 부드럽게 움직여주지 않았고 수건춤 손놀림에서도 예쁘게 튕겨지지 않았다. 다연 언니가 장으로 바꾸고 상구를 지면서 가르쳤지만 은실의 목은 툭 터질 가망이 없었다. 그러던 어느 날 꿈에 선비가 다가와 두루마기 자락을 벌려 은실을 꼭 안아주었다. 그리워서 참을 수 없었다. 은실은 선비 집을 찾아가기 시작했다. 예기가 될 수도 없었고 만날 길도 없었지만 얼굴이라도 봐야만 살 것 같았다. 짝사랑이라도 마음껏 해서 숨을 쉬고 싶었다. 부인이 있고 자식이 있다고 해도 짝사랑은 아무에게도 해가 되지 않는다. 얼마나 다행인가. 선비는, 고결한 그 선비는 노모와 단둘이 살고 있었다. 이엉도 바꾸지 못한 초가집, 낮은 담장, 삽짝도 없는 가난한 집에서 선비는 무슨 공부를 하는지 밤늦게까지 불이 켜져 있었고, 잠이 오면 밖으로 나와 세수를 했고, 한참이나 하늘의 별을 쳐다보다가 안으로 들어가곤 했다. 혼자 하는 짝사랑도 날이 갈수록 깊어졌고 외길 사랑도 나무처럼 자라 잎과 꽃을 피워냈다. 열여덟 살이 되던 해, 가을이었다. 은실에게도 선방(선을 보이는 자리) 차례가 돌아왔다. 부족한 동기에게도 선방의 기회를 주어 놀음이라도 나가게 하려는 권번의 배려였다. 선발된 동기는 세 사람으로 나비춤을 잘 추는 수하와 예쁜 옥이가 함께였다. 다행이었다. 선택될 가망도 없는데다 들러리만 해주면 된다 싶어 은실은 안심했다. 수하가 말했다.

"청록관이란다."

그 말을 받아 옥이가 발갛게 상기된 얼굴로 속삭였다.

"온천장에는 요릿집이 많지만 그중에도 청록관이 최고급이라 카더라."

청록관은 온천장에서 유일한 2층 건물의 숙박 겸 요릿집으로 서울에서 고위층이 내려오면 연회를 열기도 하는 곳이었다. 은실은 청록관이라는 그 이름이 또 꺼려졌다. 자신은 가난한 선비를 마음에 품은 사람, 그런 곳에는 가서도 안 될 것 같았다. 하지만 괜찮았다. 은실은 그저 들러리였다. 선방이 차려지는 날이었다. 엄마가 붉은 댕기를 정성스럽게 묶어주었는데, 그 댕기는 선방에 간다는 징표였다.

"선을 보는 남자들은 나이가 많다. 특기보다도 얌전한 동기를 좋아한다니까 조신하게 굴어라."

청록관 대기실에 모인 동기 모두가 고운 한복에 붉은 댕기를 하고 조신하게 앉아 있었다. '여중'이라고 불리는 종업원 여자가 수정과를 들고 왔다.

"지금 떨리제? 이것 마시면 진정이 될 끼다."

선방에서 들어오라는 기별이 왔다. 연회실이었다. 안에서 부를 때까지 동기들은 문밖에서 기다려야 했다. 오늘 선방 주관자는 노기(老妓) 매향이었다.

"들어들 오너라."

수하, 옥이, 은실이 차례로 들어가 나란히 섰다.

"앉거라."

맞은편에 50대쯤 되어 보이는 남자가 두툼한 비단 방석에 앉아 그윽한 눈으로 동기들을 바라보았다. 머리채 서방(동기가 머리를 올릴 때는 머리채 서방이라고 한다)이 될 미싱회사 사장이라고 했다. 노기가 수하를 지목했다.

"수하야, 니가 먼저 수건춤을 보여드려라."

노기가 가야금을 뜯었고 수하가 그 선율에 맞춰 춤을 추었다. 수하는 손가락 끝으로 수건을 튕겨 하르르 펼치고 버선코를 예쁘게 세워가며 사뿐사뿐 춤을 추었다. 머리를 올려준 서방의 얼굴에 웃음이 흐드러졌다. 오늘 기생 인생을 시작할 사람은 수하가 될 것 같았다. 다음 차례는 옥이였다.

"옥이, 넌 〈쑥대머리〉를 불러보거라."

옥이는 〈쑥대머리〉를 불렀다. 《춘향가》 중에서도 어려운 대목이었다.

"쑥대머리, 귀신형용 적막옥방 찬자리에……."

옥이는 옥에 갇힌 춘향이로 환생한 것 같았다.

"보고지고 보고지고 한양 낭군이 보고지고……."

은실의 눈시울이 시큰해졌다. 보고지고 보고지고 금정 선비가 보고지고……. 노기가 은실을 지목했다.

"은실이는 심청이가 아비를 만나는 장면을 불러보거라."

은실에게는 매우 어려운 대목이었다. 가사는 외웠지만, 배우려고 노력해보았지만 실패한 창이었다.

"심황후 이 말 듣고 산호주렴 걷어버리고 버선발로 우르르…… 부친의 목을 안고 '아이고 아버지 여태도 눈을 못 뜨셨소…… 인당수 풍랑중에 빠져 죽은 청이가 살아서 여기 왔소. 어서 눈을 떠서 소녀를 보옵소서…….'"

목까지 경련을 일으켜 거의 꽥꽥거리자 노기가 중단시켰다. 그리고 모두 권번으로 돌아가서 기다리라고 지시했다.

선택자 발표는 해질 무렵에 있었다. 은실이 지목되었고 누구보다 놀란 사람은 은실 자신이었다. 대기실에 댕기까지 풀어두고 선방에 들어갔는데, 머리채 서방 눈에는 왜 그것이 보이지 않았는지 복장이라도 치고 싶었다. 노기가 말했다.

"인연의 힘이다. 잘 받들어라."

권번 잔치는 한 달 후로 정해졌다. 동기 머리채는 물릴 수도, 거부할 수도 없었다. 머리채 값으로 500만 환을 받았고 그 돈으로 신혼방과 혼수품을 장만했다. 권번 혼례 이틀 전이 되자 비명을 질러대던 마음이 체념했는지 조용해졌다. 이제 짝사랑 나무를 가슴에서 뽑아내야 할 시간이었다. 달이 밝았다. 은실은 마당으로 나가 달에게 빌었다.

"달님요, 제 짝사랑 나무를 뽑아가주이소……."

달빛이 내려와 은실의 손을 잡았다.

"이리 오너라."

달빛을 따라간 곳은 선비의 집이었다. 달님요, 이건 아닙니더. 급히 등을 돌리는데 달이 말했다.

"태어나서 처음이 아니냐. 처음으로 마음에 품었던 남정이 아니냐. 앞으로는 두 번 다시 보지 못할 사람, 얼굴이라도 만져보고 떠나려무나."

선비 방 앞으로 갔다. 불이 꺼져 있었고 가늘게 코를 고는 소리가 들려왔다. '얼굴만 만져보고 가는 거다, 얼굴만.' 은실은 소리 죽여 방 안으로 들어갔다. 선비가 몸을 뒤척여 반대편으로 돌아누웠고 은실은 선비 등쪽에 가만히 누웠다. 선비는 꿈을 꾸었다. 춘몽이었다. 개울에서 창포를 따던 여자가 그를 유혹했다. 풀냄새가 나는 여자였다. 그는 여자를 탐했고, 몽정을 했고, 다시 코를 골았다. 은실은 조용히 몸을 일으켜 그 집을 빠져나왔다.

이틀 후 은실은 동기 머리를 풀었다. 서방님은 자수성가한 사람으로 대체로 다정했다. 8개월이 지났다. 그가 배를 만지며 아들이면 집을 사주겠다고 했다. 아들이 태어났지만 그는 집을 사주지 못했다. 사업이 기울었기 때문이다. 그는 발길을 끊었고 은실은 따로 연락하지 않았다. 그가 일제 미싱 수입업자의 계략에 걸려 빚만 덤터기로 쓰고 자살했다는 소식은 아들이 네 살일 때 전해들었다. 은실은 무당집을 찾아 그를 위한 천도굿을 해주었다. 무당이 그의 저승길을 닦아줄 때 은실은 자신의 죄를 빌었다.

"당신 아들이 아닙니다. 아니라는 걸 제가 알았을 때는 당신이 발길을 끊었습니다. 용서하이소, 부디 용서하이소."

아들이 학교에 입학할 시기에 은실은 선비를 찾아갔다. '아들에게는 호적이 없습니다. 호적만 올려주시면 은혜, 잊지 않겠습니다.' 하지만 그 초가집에는 선비도, 노모도 없었다. 선비는 호열자에 걸려 죽었고 노모는 산성으로 시집간 누나가

모셔갔다고 했다. 은실은 그때 다짐했다. 내 아들은 두 남자와 아무 상관이 없다. 아들의 모든 문제는 온전히 내 몫이고 나만이 해결할 수 있다. 은실은 아들을 자신의 양자로 호적에 올렸다.

은실은 기생놀음에 충실했다. 인기가 있었다. 악을 쓰며《심청가》를 불러도, 코맹맹이 소리로《수궁가》를 불러도 그녀를 호명해주는 손님이 많았다. 세무서 국장은 한 살림 차려줄 테니 함께 살자고 매달리기도 했다. 특별한 예능도 없는데, 남자가 꼬이는 것은 도화살이라고 했다. 은실은 자신의 도화살을 이용했고 그렇게 얻은 재물로 아들의 성을 쌓았다. 축대를 쌓고, 땅을 다지고, 전망대를 올리고……. 아들은 신선놀음만 하고도 살 수 있었다. 얼마나 대견한가. 내 깜냥으로는 도저히 얻을 수 없었던 선비의 아들, 아비를 닮아 글을 잘 짓던 아들, 웅변대회에서 1등, 글짓기대회에서 장원을 했던 아들, 내 아들, 날마다 감동이던 아들, 아들, 내 아들. 그 아들이 죽었다. 열여덟 살, 한창 무르익어갈 때 해운대에서 물놀이를 하다가 역파도에 휩쓸려간 뒤 돌아오지 않았다. 그녀는 술에 절어 살았다. 눈 번히 뜨고 앉아 꿈을 꾸었다. 맨발로 아들을 쫓아가다가 정신이 들면 됫병 소주를 끌어와 병나발을 불었다. 할머니가 애원했다. "정신 차려라. 자식 잃은 어미가 어디너 하나냐, 그래도 살아야 하는 것이 사람이다……." 그다음 날 은실은 노끈을 들고 온천장과 조금 떨어진 북쪽 금정산으로 들어갔다. 사람의 왕래가 없는 곳이었다. 목을 매는데 스님이 달려와 노끈을 빼앗았다. 약초를 캐러 다니는 범어사 스님이었다. 스님이 나무 아래에 앉혀놓고 이유가 뭐냐고 물었다. 은실이 말했다.

"지는 살기가 싫습니다. 지가 살아야 한다면 살아갈 빙도가 기생질밖에 없는데, 지는 그기 싫습니다. 잘 하지도 못하는 춤과 소리를 해야 하는 것이 동료들한테도 미안하고 창피해서 참말로 싫습니다."

"싫으면 좋은 것은 무엇이오?"

"지는 책 읽는 사람들이 좋습니다. 지 아들이 책도 읽고 글도 잘 썼는데, 고마 저세상 갔습니다."

"그러니까 지금 아들 만나러 가겠다는 것이오?"

"보고 싶습니다. 가서 얼굴이라도 만지고 싶습니다."

"정말로 그렇게 만나고 싶소?"

"예, 만날 수만 있다믄 백 번, 천 번이라도 죽을 낍니더."

"그렇게 만나고 싶으면 나를 따라오시오."

스님을 따라간 곳은 선원이었다. 혈연으로 다시 만나고 싶으면 업보부터 닦아야 한다, 수행을 하라, 참된 수행만이 업보를 닦는 길이니 이곳에서 잘 정진해보라고 스님이 당부했다.

수행 사미니들이 들어온다. 새벽 예불시간이다.

7

눈을 떴다. 이른 아침, 6시다. 동규는 벌떡 일어나 요가를 시작한다. 좌우로 비틀기, 혀 내밀고 뱃속의 노폐 공기 쏟아 내기, 다리 한 짝씩 뻗기, 물구나무서기. 일반 사동에 있을 때 요가 선생이 들어왔는데, 그는 눈 뜨자마자 요가를 시작했다. 똑바로 누워 팔다리를 뻗고 손발을 빠르게 털어댔는데, 그때 입에서 이상한 말이 흘러나왔다. 한 재소자가 말했다. "무당서방 박수 아냐?" 다음날 방장이 물었을 때 요가 선생이 자신은 요가를 할 때 산스크리스토어를 쓴다, 요가를 배운 곳이 인도다, 호흡할 때는 반드시 셈을 해야 한다, 300까지 숫자를 하나하나 정확하게 불러야 한다, 왜냐, 그 숫자가 바로 미래의 에너지이기 때문이다, 미래의 에너지를 미리 불러와 곳간에 쌀가마 쌓듯 꽉꽉 채운 이후에 자유 호흡……. 그날 이후로 감방 하숙인 전원이 그의 제자가 되어 미래의 에너지 300을 불러댔다. 요가 선생이 출소 명령을 받은 날은 모두 물구나무를 서고 있을 때였다. 제자들이 몸을 바로 세우려고 할 때 선생이 지시했다.

"그대로 있어. 그 체위가 행운이야."

요가 선생의 죄목은 간통이었다. 합의되어 나가는 것인데도 재소자들은 그가 행운 축적이 많아 출소한다고 믿고 매일매일 300과 물구나무서기를 했다. 감방 안의 남자들에게는 유치한 일도 일상을 견뎌내는 힘이 되었다.

동규가 침대 베개를 가져와 엉덩이를 받친다. 양반다리. 발바닥을 위로 하고……. 양쪽 손가락을 맞붙여 오메가로 만들고……. 어깨 펴고……. 고개 약간 숙이고……. 입속 혀를 둥글게 말아 입천장에 걸고……. 아랫배를 쭉 내밀면서 숨을 들이쉬고……. 하나아, 두울……. 잠이 오고 꿈도 따라온다. 열두 대무운 문가 안바앙에……. 삿갓을 쓴 사람이 대문을 열려고 애를 쓰고 있다. 동규는 번쩍 눈을 뜬다. 이런 꿈은 안 돼! 자세를 바로잡고 50센티미터 앞에 시선을 고정한 후 숫자를 부르기 시작한다.

동규는 호텔에서 아침식사를 하고 한라산 담배 두 보루를 산다. 학기씨가 그 담배를 좋아한다고 노친께서 일러주었다. "사무실 문은 9시 반에 열어요." 9시 30분, 사무실이 잠겨 있다. 9시 50분, 사무실을 지키던 노인도 나타나지 않는다.

이 노인네가 오다가 발병이 났나? 아니, 아니 발병이 나면 큰일이지. 열두 대문이 떠오른다. 그는 정신을 가다듬고 자신을 달랜다. '동규, 너 이렇게 조급해하는 거 하나도 도움이 안 돼. 침착하게 이성적으로……' 그때 저만치서 학기씨가 잔뜩 움츠리고 걸어온다. 동규가 달려가서 묻는다.

"김학기 선생님이시죠?"

"해장부터 해야겠소."

학기씨가 곧장 복국집으로 향한다. 동래학춤보존회 사무실에서 조금 떨어진 곳에 복국집이 있다. 그가 식탁에 앉으며 부산 사람들은 해장도 복국으로 한다고 흰소리를 하다가 당신도 복국 좋아하느냐고 묻는다.

"아니요, 전 아침을 먹었습니다."

"아지매, 여기 복국 하나, 정종 대포 하나 가져오이소."

주인 여자가 복국 한 그릇과 데운 정종을 가져다준다. 학기씨가 수저 한 벌을 더 주문해서 동규 앞에 놓아주며 "국이라도 떠묵어보이소. 속이 뻥 뚫릴 거요"라고 한다.

"아닙니다. 저는 됐습니다."

학기씨는 국 한 숟가락에 정종을 한 모금씩 아껴가면서 마신다. 주름으로 갈라졌던 얼굴이 조금씩 펴지기 시작한다. 어젯밤에 심하게 마신 것 같았다. 기다리다가는 하루가 다 갈 것 같아 동규가 조심스럽게 묻는다.

"어르신, 학춤 보존자는 무슨 뜻이지요? 그냥 보존만 한다,

아니면 춤도 춘다, 둘 중 어느 쪽인지요?"

"쪼매 기다리소. 이바구하자면 속부터 풀어야 하는 기라."

그만하면 속이 풀렸잖아요. 이야기하면서 먹고 마시라고
요. 인내심이 바닥난 동규가 송다연은 어떤 춤을 추었느냐,
학춤과도 관련이 있느냐고 재우쳐 물어본다.

"아따 그 양반, 이야기도 재촉하면 체하는 기라."

학기씨는 밀어둔 밥그릇까지 당겨 천천히 밥알을 씹는다.

"송다연씨 부친이 학춤을 췄고, 선생님께서 보존하고 계신
다면 그 춤은 남자들만 추는 것입니까?"

"다연이도 췄어요."

"송다연씨는 권번 출신이라고 들었습니다. 학춤을 권번에서
도 췄습니까?"

"권반에서는 그 춤을 추지 않아요."

"그렇다면?"

"학춤 춤방이 따로 있었어요. 춤선생님이 다연이 부친이었
고요."

그 여자가 말한 과거의 보석이라는 것이 '자신은 춤꾼, 춤
선생이었다는 것'으로 한 번 더 다져서 정리한 후 재우쳐 물
어본다.

"송다연씨도 학춤을 췄다면 왜 계속하지 않았을까요?"

"전후 사정은 잘 몰라요. 내가 폐결핵이 들어 마산요양원
으로 갔거등요. 돌아와보이 선생님은 돌아가시고 다연이도 이

바닥을 떠나고 없었는 기라요."

"이 바닥을 떠난 특별한 까닭, 그게 무엇이었을까요?"

"기자 양반, 궁금한 게 뭐요? 다연이가 왜 이 바닥을 떠났느냐, 아님 남자만 추는 춤을 어떻게 여자가 추게 되었느냐, 어느 쪽이오?"

어떻게 떠났느냐를 물으면 어떻게 떠났다는 이야기로 끝난다. 그 여자가 원한 것은 내 아버지와의 사연을 알리려고 한 것이 아닌 자기는 예술가였으니 그 사실을 확인하라는 것이었다.

"먼저 춤 얘기를 해주시지요."

학기씨가 잔을 비우고 이야기를 시작한다.

동래학춤 원조 명무수는 김귀후, 김문수, 김필상, 이주서, 송판술 다섯이었다. 이들은 본래 각자 홀춤을 추어왔으나 해방 후 동래 지형을 상징하는 5인무로 구성했고 풍류객들의 단합대회 때 첫선을 보였더니 반응이 좋았다. 다음해 부산예술제가 발족되었을 때 큰형 김귀후가 흥분해서 말했다.

"행사장이 공설운동장이란다. 우리가 군무로 식순을 열어주면 어떻노? 학은 길조니까 부산 사람들, 다 좋아할 끼고."

"군무라고요? 군무라 카믄 스물, 서른 명은 돼야 하는데, 우리 다섯이서 우찌 그 춤을 춥니꺼?"

"무수야 모집하면 되지. 처음은 열이나 스물, 해마다 늘어나서 100명쯤 되면 그야말로 장관 아니겠나?"

"100명을 어디서 모으고 연습 장소는 또 어디로 합니꺼?"

"무수부터 모집해라. 장소는 우리집 사랑채와 마당을 개조할 끼다."

첫판으로 11명이 모집되었다. 스무 살 전후의 청년들이었다. 인원수는 충족되지 않았지만 일단 수업을 시작했고 판술 선생님이 교습을 맡았다. 가르친 지 두 달이 되어도 교습생들의 자세가 제대로 잡히지 않았다. 팔을 들라고 하면 하늘을 향해 만세를 불렀고 '날음새!'라고 하면 뒤뚱뒤뚱 뛰어다녔다. 판술 선생님이 "학은 모든 새 중에서 우아하기가 으뜸이다. 먹이를 먹을 때도 품위를 지킨다. 팔을 장작개비처럼 쳐들지 말고, 걸을 때도 허리 탁 펴야 한다"라고 귀에 못이 박히도록 설명해도 잘 따라오는 교습생이 몇 명 되지 않았다. 외발서기 때 두 사람이 부딪쳐 자빠진 채 허둥거리자 판술 선생님이 "너희는 기량보다 먼저 춤의 정신부터 배워야겠다"라고 하면서 대무수 김귀후 큰 선생님을 모시고 왔다. 큰 선생님께서는 춤의 정신을 알려주기 전에 먼저 질문부터 던졌다.

"동래학춤의 춤사위에는 원칙적인 체계가 있다. 그 체계가 뭔지 아는 사람 손 들어라."

손을 드는 사람이 없었다. 큰 선생님께서 재우쳐 물었다.

"이 춤이 궁극적으로 지향하는 의도를 아는 사람?"

아는 사람이 있을 리 없었다.

"학춤은 고구려, 고려시대에도 있었다. 복식은 학의 형상, 주로 나례의식(儺禮儀式)에서 역귀를 쫓는 신조 역할을 했고 조선시대에 와서는 청학과 백학 둘로 구성되어 조용하면서도 화려한 정중정을 표현했다. 그리고 우리 동래학춤은?"

큰 선생님께서 하던 말을 멈추고 수련생들을 훑어보았다. 눈들이 반짝였다. 무식한 자신이 싫어진 동료들은 이제 우리도 알고 싶어요, 어서 알려주세요 하는 그런 눈빛들이었다.

"우리 동래학춤은 기존의 전통학춤과 다르다. 주술, 종교의식, 해학, 풍자도 없다. 우아함은 격조 높은 선비의 자태지만 불쑥불쑥 날개를 펼쳐 활개를 치는 것은 장수의 기개다. 그러니까 이 춤의 특징은 선비와 장수가 한 몸이 되어 춤을 추는 것이고* 또한 구음과 함께……."

교습생들이 귀를 세웠다. 다연의 구음을 들으며 연습해왔지만 장단 매김에 왜 구음, 그것도 여자가 끼어드는지 항상 궁금했던 김학기가 그게 무슨 뜻이냐고 물어보았다.

"구음은 음양의 동행이다. 사람의 존재는 음양으로 이루어지고 언제 어디서나 함께 간다는 뜻이다."

학기씨가 이야기를 중단하고 불쑥 묻는다.

"내 이바구 이해가 되는 기요?"

---

* 윤정모 소설 『그곳에 엄마가 있었어』에서 차용.

이해되지 않았고 재미도 없었지만 그냥 고개를 끄덕인다. 학기씨는 밥풀이 허옇게 묻은 입을 닦아내고 부연 설명을 시작한다.

"그날부터 내가 조교를 한 기라요. 그 춤을 제대로 추는 사람이 내밖에 없었거등요."

큰 선생님이 나가신 후 판술 선생님께서 학기를 앞으로 불러 세웠다.

"학기가 너희들 중에 춤을 가장 잘 춘다. 어릴 때부터 다연이와 놀면서 이 춤을 볼 기회가 많았다. 우선 학기의 춤사위만큼이라도 몸에 배도록 따라 해보거라."

수업이 시작되었다. 수련생들이 나란히 섰고 학기가 그들 앞에 서서 팔을 쳐들었다. 110도였다. 수련생들도 학기에 맞추어 팔을 올렸다. 저마다 긴장한 얼굴이었다. 다연이 장구로 자진모리를 쳤다. 수련생들이 한 바퀴를 돌아 모둠으로 정지했다. 다연이 느린 굿거리장단을 치면서 낮은 구음을 넣었다. 춤사위에 따라 구음의 높낮이를 결정하는 것이었다.

"소쿠리사위!"

둥글게 오른쪽으로 돌면서 즉흥춤, 각자의 개성으로 추는 것이 즉흥춤인데, 모두 학기의 춤사위만 따라 했다. 언젠가는 자기 개발에 도달할 것이다.

"쌍배김사위!"

수련생들이 서로 마주보며 쌍배김사위를 했고 어설프기 짝이 없었지만 겹배김·뒷배김·좌우배김 사위, 소매걷음사위로 따라 하기는 했다.

"활갯짓뜀사위다! 어깨에 힘을 풀고 부드럽게!"

다음은 모이줍는사위, 판술 선생님은 그 사위를 생략했다. 세상의 모든 생물은 먹어야 산다는 것은 만고의 진리다. 먹고 숨을 쉬는 것이 동일한 이치인데, 굳이 먹는 것을 강조할 필요가 없었다. 공자님, 맹자님도 밥은 이렇게 먹어라, 똥도 젊잖게 누라고 가르치지 않았다. 모든 춤 예술에서도 먹는 것을 표현한 대목이 없었다. 판술 선생님은 동래별장에서 겪은 수모의 기억을 삭제하는 대신 우아한 먹이 사위도 새롭게 연구해보겠다는 생각을 머릿속 한편에 새겨두었다.

"모둠뛰기!"

한 바퀴 자전을 하고 뒤이어 즉흥춤, 끝배김사위로 정리하면서 각자 자유로운 방향을 취했다.

"이제 날음사위다! 멋지게 날아라!"

춤의 마지막 사위였다. 모두 팔을 뻗고 활개를 치며 춤판을 돌아 퇴장해야 하는데, 교습생들은 학기의 뒤만 따라다녔다.

"오늘은 이만 하자."

귀가하는 길에 다연이 판술에게 물었다.

"아부지요, 저도 학춤을 추믄 안 되겠습니꺼?"

"그 춤은 남자 춤이다."

"남장하면 된다, 아인교?"

"니는 여자다. 여자 춤이나 잘 배우거라."

"아부지, 지는 아부지 춤을 전수받고 싶은 기라요."

"학기한테 전수하면 된다."

깊은 밤이었다. 판술은 먹을 갈아 춤꾼을 그렸다. 한 사람이었고 학기를 상징했다. 학기도 발 디딤 자세 때는 불안했다. 한 발을 뒤로 길게 뻗어 무릎이 땅에 닿도록 하고 너울거려야 하는데, 발이 땅에 닿아 상체의 너울거림이 자연스럽지 못했다. 그 정도는 한 달을 더 연습하면 되겠지만 다리조차 제대로 뻗지 못하는 다른 수련생들이 문제였다. 그들에게 몇 달을 준다 해도 개선되리라는 보장이 없었다. 딸아이의 말이 떠올랐다.

"아부지, 지가 남장을 하면 안 되겠습니꺼?"

판술은 학기 옆에 다연을 그려보았다. 키가 작았다. 키가 된다 해도 궁중학춤처럼 청백으로 나눌 수가 없었고 무엇보다도 지향 의도가 생판 달랐다. 종이를 찢어버리고 고개를 들었다. 달빛이 문살에 앉아 있었고 시간을 보니 11시였다. 판술은 저고리를 입고 발소리를 죽여 급히 밖으로 나갔다. 오늘이 보름이었다. 신단까지 갔다 오기에는 조금 늦은 시간이었다. 그는 금강공원으로 올라가서 벚꽃길을 따라 다시 내려왔다. 망미루 누각에 달이 들어와 있었다. "우야꼬, 망미루 누각이 달을 안고 있네요." 그날, 밤 벚꽃을 보고 내려올 때 아내가 감탄해서 한 말이었다. "당신이 올라가서 달을 잡을래?" 그는 아내를 누각 안으로 들어올려주고 자신은 기둥을 타고 올라갔다. "우야꼬, 달이 하늘로 달아나삐릿네요." 망미루에는 올라가는 계단이 없었고 지금도 없다. 판술은 기둥을 잡고 월담하듯 누각으로 올라섰다. 달은 하늘에도 있었고, 기둥에도 있었고, 누각 바닥에도 있었다. 어느 쪽이든 끌어안으면 아내가 애무의 밧줄로 친친 감아주겠지만 오늘 아내와 몸놀이를 하기에는 시간이 넉넉하지 않았다.

"여보, 우리 다연이 우짤꼬?"

그가 물었다.

"학이라꼬 남자만 있는 기 아이다 아입니꺼."

"그렇키는 하다만 복식이 문젠 기라. 키도 작고."

"암수로 하면 한쪽이 키가 작은 게 자연스럽지요. 복식도 좀더 생각해보면 답이 나올 낍니더."

"문제는 궁중학춤이 아닌 동래학춤이라는 기다. 궁중은 날음새가 별로 없지만 우리는 동작 폭이 매우 크다. 키도 작은데, 남자와 같은 춤사위로 겅중겅중 뛴다면 균형이 살겠나?"

"다연이 춤사위를 새로 만들어보면 어떻겠습니꺼?"

"새로운 춤사위? 선비 백학과 질 어울리는 여성의 춤사위? 글쎄, 그걸 모르겠다는 기다."

"잘 생각해보면 찾아낼 수 있을 낍니더."

복식을 달리한 암수? 그것 또한 절묘한 해결책은 아니었다. 판술이 집으로 돌아와 저고리를 벗는데, 달이 길게 들어와 문갑 위에 앉아 있었다. 그는 문갑을 열고 그 안에 든 책을 꺼냈다. 선조가 남긴『동래성 순절도』, 마지막 장면으로 넘겼다. 송기열과 출이…… 그는 책을 가슴에 안고 한참이나 달빛을 바라보았다.

동규는 치미는 하품을 겨우겨우 삼켜낸다. 무엇이 정답인지 알 수도 없는 지루한 이야기들이 똑같은 모래알처럼 쌓이고 쌓인다. 녹음기를 켜두었으니 듣지 않아도 상관없다. 돈을 받으면 귀옥이부터 만나고……. 코를 고는 소리가 들려온다. 학기씨가 이야기 도중 잠이 들었다. 의자 등받이로 고개를 젖히고 코를 골자 카운터에 앉아 있던 식당 여주인이 그 사람 버릇이다, 2, 30분 기다리면 깨어날 거라고 알려준다. 짜증이 가시처럼 온몸을 휘덮는다. 이만 떠나자. 들을 만한 이야기는 다 들었다. 아니다, 기다려야 한다. 이야기의 끝줄은 이 남자가 쥐고 있다. 동규는 생각을 고치고 자세를 바로잡는다.

8

선원장이 전화를 받아든다. 모친이다. 동규, 학기네 집으로 왔더라. 다연이에 대한 이야기를 듣고 싶다고 해서 내가 다연이 어릴 때 얘기만 해주었다. 뭔가 느끼는 것 같았어요? 아니다, 전혀.

선원장은 누비 두루마기를 걸치고 산길 산책을 나선다. 눈발이 휘날리기 시작한다. 처음 청주교도소에 면회를 갔던 날도 이런 날씨였다. 수인번호 87번 송다연, 출소 몇 달 전이었다. 길에서 만나면 알아볼 수 없을 만큼 다연 언니는 뚱보로 변해 있었다. 하긴 강산이 몇 번이나 변한 긴 세월이었다.

"언니, 니 살쪘네."

다연 언니는 대답 대신 "너는 왜 스님이 되었느냐"라고 물었다.

"스님이라기보다 아직은 수행중이다."

20년쯤 전이었다. 다연 언니는 일본에 갔다고 했다. 집을 지켜줘야 한다면서 온 식구가 그 집으로 이사했다. 할머니는 돌아가시고 엄마가 그 나이가 되도록 다연 언니는 돌아오지 않았다. 언니가 가 있는 곳이 일본이 아닌 감옥이었다는 사실도 모두가 비밀에 부쳤던 까닭에 은실은 그제야 알게 되었다.

"갑자기 연락받고 놀랬다. 부탁할 일이 뭐꼬? 퍼뜩 말해라."

다연 언니는 망설이다가 전기봉, 그 사람 어디 사는지 알아봐달라고 부탁했다.

"대구에서 재산 다 말아먹고 서울로 이사간 것까지는 니 어무이가 알고 기실 끼다."

모친이 가끔 어디론가 갔다 오곤 했는데, 그 행차가 대구를 오르내리면서 전기봉의 출처를 확인해온 것이었다.

"뭐꼬? 내 몰래 너거끼리 비밀을 만들어왔단 말이가?"

"싫으면 안 해도 된다."

"그것도 말이 안 되지. 그래, 내가 우짜믄 되는데?"

"서울 주소를…… 알고 싶다."

전기봉이 산다는 금호동으로 갔다. 가게에 들러 물었더니 방금 연탄을 사 들고 올라갔다고 했다. 판잣집이 다닥다닥 붙은 달동네였다. 한 남자가 새끼줄에 꿴 연탄 두 장을 들고 올라가고 있었다. 전기봉이었다. 권번 앞에서 우산을 들고 서 있던 바로 그자. 엄마에게 자세한 사정을 물었더니 "남녀 사이의 일이다. 그냥 그렇게 알고 있어"라고 했다.

"언니야, 인연에 집착하는 거, 그기 다 허망이다. 출소하면 내캉 절에서 살자."

생각해보겠다던 다연 언니는 출소 후 행방을 감추어버렸다.

저만치 바위가 보인다. 다연 언니가 자주 앉아 있던 바위다. 그 바위에 걸터앉아 아랫길을 내려다보는데, 바람이 눈가루를 싣고 다니며 선원장 얼굴에 앉는다. 너희도 다리 쉼이 필요하니. 사람 얼굴에 앉으면 너희 존재가 금방 사라지지 않니⋯⋯. 다연 언니도 병원에 입원을 시켰다면 회복할 수 있었을까? 읍내 병원에서 진통제를 받아온 날도 언니는 이 바위에 앉아 있었다. 노을에 감싸여 파르르 떨던 늙고 여윈 몸, 그런 몸을 본다는 게 너무 아파서 속으로 울었다.

"녀석이 생각난다. 이런 노을만 보면 언제나 그렇구나."

생각나는 게 아니라 보고 싶은 거지요. 죽은 아들도 내 마음에서 이렇게 떠나지 않는데⋯⋯.

"내가 예술제에서 장원했던 날, 그날 출전하지 않았다면, 그래서 아부지를 빨리 병원에 모시고 갔더라면 내 처지가 오늘날과 달라졌을까?"

"운명은 자기 생각으로 정하거나 고칠 수 있는 게 아니에요. 왜, 그런 말 있잖아요. 팔자를 고쳤다는 거, 사람이 팔자를 고치는 게 아니라 고쳐질 팔자가 그 시간에 오는 거지요. 운명이란 이름으로 말이에요."

판술이 명무수들이 모인 자리에서 제안했다.

"예술제 날짜가 다가옵니다. 기량이 되는 아이는 학기뿐이니 다연이를 끼워넣읍시다. 다연이, 춤을 제법 추니까 학춤도 연습시키면 금방 익힐 겁니다."

"다연이가 아무리 춤을 잘 춘다 해도 여식아가 아니오?"

"그러니까 구성원을 남녀로 하자는 깁니다."

"내보낼 사람이 없다고 배역에 없는 여자를 끼워넣어요? 그렇기 되믄 궁중학춤과 뭐가 다릅니꺼?"

"맞아요, 군이 원칙을 무시해서까지 출전해야 할 의무는 없습니다."

"형님, 언젠가 말씀드렸지요? 동래성 전몰자들을 위한 추모 학춤을 추고 싶다고요. 이번에 잘하면 그 기량으로……."

"추모 학춤에 여자는 왜요?"

나이가 가장 연하인 이주서가 물었고 큰형 김귀후가 대답했다.

"왜란 때 기생들도 전투하다가 전멸했다 아이가."

김문수가 나섰다.

"그럼 남녀로 한다 치고 어떻게 표현할 건지 설명해보소."

"기생은 여장부이기도 합니다. 붉은 갓을 쓰게 하고요. 백학이 선비나 장수 기개를 펼칠 때 여장부도 은장도를 꺼내 찌르듯이 함께 뛰어오릅니다."

"이건 예술제요! 심사위원들이 이해하는 춤으로 출전해야 한단 말이오. 기생이나 추모 학춤은 다음 기회에 따로 열도록 하고 이번에는 형제 학으로 하시오. 다연이를 남장을 시켜서 말이오."

"다연이를 남장을 시킨다? 그거 좋은 생각이십니다!"

다연은 학기의 아우 학이 되어 춤 연습을 시작했다. 두 사람은 진도가 빨라 보름도 지나지 않았는데, 각자의 역할을 제대로 잘 표현해냈다. 마침내 출전 날이었다. 아버지가 머리가 아프다면서 먼저 가라고, 좀 나아지면 뒤따라가겠다고 했다.

다연은 학기와 함께 전차를 탔다. 아버지 없이 홀로 나서는 일은 난생처음이었다. 출전장 공설운동장은 바다만큼 넓은데다 사람들도 매우 많다고 들었다. 두렵고 불안해서 숨이 막힐 지경이었다. 다연이 학기에게 자신의 팔다리를 걱정했다.

"팔다리가 와?"

"사람들 앞에 서믄 딱 굳어뿔 것 같으다."

학기가 자기가 용꿈을 꿨으니 걱정 말라고 했다. 충무동에 이르러 전차에서 버스로 갈아탔고, 버스에서 내려 사방을 살피며 운동장으로 들어갔다. 다른 종목의 출전자들은 미리 도착해서 여기저기에 모여 있었다. 풍물, 야류, 탈춤 패들이 활기차게 웃거나 떠들어대서 다연의 어깨가 점점 움츠러드는데 학기가 등을 툭 치며 다시 한번 장담했다.

"내만 믿거라."

꿈속의 용이 학기를 도왔던 것일까? 아니면 그의 모친이

고아 먹인 장어 덕이었을까? 며칠 전에는 각혈도 했다는 사람이 그날은 얼굴이 기름을 바른 듯 반들거렸고 춤사위는 정말 학의 날개가 붙은 듯 힘차고 우아했다. 특히 모이를 주어 아우에게 주는 학기의 춤사위에는 심사위원들도 감탄했다. 대회가 끝나고 심사 결과가 발표되었다.

"동래학춤은 본디 홀춤이었다. 홀춤을 5인으로 확대한 것도 참신했는데, 이번엔 2인, 그것도 어린 아우를 거두어 먹이는 어진 형의 춤사위는 감동적이었다. 창작, 기량 모든 면이 월등해서 장원으로 선정한다!"

학기와 다연은 서로 얼싸안고 껑충껑충 뛰었다. 귀갓길은 터질 듯한 흥분이 버스를 폭발시킬 것 같아 충무동까지 걸어가서 전차를 탔다. 학기가 말했다.

"다연아, 우리 진주예술제에도 가고 서울경연대회도 나가자. 전국예술제에서 장원을 몽땅 쓸어오자."

엄마는 일본예술제에도 다녀왔고 아버지는 진주와 서울에서도 초청받아 학춤을 추었다. 내 꿈도 춤선녀, 진주·전라도·서울 어디든 갈 것이다. 다연이 입속말을 하는데, 학기가 손을 잡았다.

"다연아, 우리 혼례하자. 선생님도 허락하실 끼다. 혼례해서 선생님과 우리 어무이 모시고 전국을 유랑하면서 그렇키 살자."

"오빠캉 우예 혼례하노? 싫다."

"니캉 내캉은 친남매가 아니다 아이가. 얼마든지 혼례할 수 있다."

"내는 평생 아부지캉 살 끼다. 혼례 같은 것 안 할 끼란 말이다!"

온천장에 도착했다. 종점이었다. 승강장에 내려서는 순간 어떤 바람이 돌멩이처럼 날아와 이마를 때렸다. 금정산 꼭대기에서 곤두박질쳐온 쇳바람이었다. 고모가 죽었을 때 아버지에게 날아왔다는 그 바람이었다. 아, 아버지! 아버지는 행사장에 오지 않았다. 절대로 그럴 분이 아니었다. 아침에 머리가 아프다고 했다! 다연은 숨도 쉬지 않고 달려가 방문을 열었다. 아버지가 보이지 않았다. 이불이 펴져 있었고 새 두루마기도 그대로 걸려 있는데 몸만 빠져나갔다. 변소로 가보았다.

"아부지, 안에 기십니꺼?"

변소에도 아버지는 없었다. 다연의 머릿속에서 회오리바람이 불었다. 갈피를 잡을 수가 없었다. 대문으로 뛰쳐나가는데 아버지가 불렀다. "나 여기 있다." 분명 그런 소리가 들렸다. 아버지는 부엌 바닥에 쓰러져 있었다.

"그날 돌아가셨지요?"

선원장이 물었다. 할머니와 엄마가 상복에 대한 이야기를 했다. 다연 언니의 외할머니와 언니의 엄마 상복도 지었다는 할머니는 이제는 다연 아버지까지, 대체 이게 무슨 날벼락이냐, 출가도 못 한 다연은 어떻게 하느냐고 울던 생각이 났다.

    아버지를 후생병원으로 옮겼다. 뇌에 핏줄이 터져 의식은 없으나 심장은 뛰고 있다고 의사가 말했다. 춤방 선생님들이 순번을 정해 병실을 지켜주었다. 학기의 모친이 학기는 이 사실도 모르고 요양원에 갔고 밤새껏 피를 토해서 대절차 태워 마산으로 보냈다면서 겹친 서러움으로 꺽꺽 울었다. 아버지는 가끔 손발을 움직였는데, 의사 말이 깨어나려고 싸우는 것이라고 했다.

    "아부지요, 퍼뜩 일어나이소. 퍼뜩요."

    아버지는 살아나려고 열흘이나 애를 썼지만 결국 목숨줄을 놓고 말았다. 다연은 까무러쳤고 정신을 차렸을 때는 선생님들이 아버지를 화장터로 옮긴 후였다. 시신이 많이 상해서 그 방법밖에 없었다면서 유골단지를 건네주었을 때는 세상의 모든 것이 흔적도 없이 사라져버린 것 같았다.

    "강에 뿌려드려야겠제? 낙동강으로 가자."

    큰 선생님께서 함께 뿌려주겠다고 했다. 강에 뿌린다는 것은 곁에서 아주 떠난다는 뜻이었다. 다연은 그러고는 살 수 없었다.

    "산에 묻어드릴랍니더. 아부지가 좋아하시는 장소가 있습니더."

    "그래? 그럼 산으로 가자."

"지 혼자 가고 싶습니더. 허락해주이소."

다연은 삽과 유골단지를 들고 아버지의 신단으로 올라갔다. 굿터를 지나 큰 바위, 그 앞에 섰다. 아버지가 엄마를 만나러 오던 장소였다. 바위 밑의 땅을 파냈다. 등줄기에서 땀이 흘러내린 것은 땀이 아닌 몸이 우는 눈물이었다. 전신도 후들거렸다. 다연은 삽을 놓고 유골단지를 들었다. 단숨에 묻어버릴 수가 없어서 하염없이 서 있었는데, 아버지가 부탁했다.

"다연아, 니 엄마를 만날 시간이다. 아비를 고마 보내다오……."

다연은 투정을 부렸다.

"매정한 우리 아부지, 날랑은 두고 엄마를 만나러 가요? 그래, 가이소, 어서 가이소. 가서 엄마를 실컷 만나이소."

아버지를 보내드리려고 했다. 하지만 팔이 움직이지 않았다.

"아부지요, 지랑 고마 집에 가시면 안 되겠습니꺼? 아부지 방에 모셔두고 지가 날마다 밥 채려드리면 안 되겠습니꺼, 예?"

다연의 애절한 호소에도 아버지는 '여기가 아비의 방이니 제발 묻어달라'고 했다.

저만치 아래서 시자가 소리친다.

"선원장님! 본사에서 보낸 수행자가 왔습니다!"

선원장은 몸을 일으키며 내려간다고 대답한다.

9

학기씨는 잠에서 깨어나자마자 화장실로 달려간다. 시계를 보니 그가 잔 시간은 20분이었다. 학기씨는 돌아와 앉기가 무섭게 또 한 잔의 술을 주문한 후 전혀 잠을 잔 적 없다는 듯 이야기를 잇는다.

"내가 조교를 시작하고 며칠이 지났을 때일 낍니더. 판술 선생님께서 대뜸 권반 기생들의 내력에 대해 아는 사람이 있냐고 물으싰는데……."

정종이 왔다. 학기씨는 이야기를 중단하고 또 정종 잔부터 들고는 홀짝홀짝 달게 마신다. 술에 미친 노인, 기생이 무슨 상관이오. 군소리 작작 하고 본론부터 좍좍 펼쳐달란 말이오!

"기자 양반께서도 알고 있지요? 왜놈들이 고종황제한테서 나라를 빼앗을 때, 그때 동래부 관기도 해체한 것 말이오?"

내가 그런 걸 어떻게 알아요? 아니지, 나는 기자, 기자는 덮어놓고 모른다고 하면 들통이 난다.

"그 방면에 관심이 없어서……."

"처음 판술 선생님께서는 선비와 기생의 합무를 생각하셨다가 형제학춤으로 개작하셨고, 그 춤을 다연이와 내가 춘 기라요. 예술제 때 공설운동장에서 말이오!"

동규가 멀뚱하게 쳐다보기만 하자 학기씨가 강조한다.

"우리가 장원을 한 기라요. 장원!"

장원? 장원은 이몽룡만 하는 게 아니었나?

"그라고 나는 요양원으로 간 기지. 판술 선생님의 창작 학무는 단 한 차례, 우리 둘의 출전으로 끝난 기라. 다연이도 떠났다니까 춤출 사람이 없었던 기지."

동규가 슬며시 끼어들어 묻는다.

"송다연 그분은 어디로 왜 떠났을까요?"

"몰라요. 요양원에서 돌아와보니 없는 기라. 나는 기다려줄 줄 알았는데, 5년, 그리 긴 세월도 아닌데, 종적 없이 사라진 기라."

"그분에게 남자가 있었던가요?"

"알 수 없지. 내가 떠난 뒤에 남자가 있었는지 우쨌는지. 누가 그러긴 합디다. 타지로 시집을 갔을 끼라고."

타지로 시집을 갔다? 시집간 남편이 내 부친인가? 동규야, 그 여자가 원한 내용은 내 부친과의 관계가 아니잖아. 그 여자가 지목한 보석은 춤이었던 거야.

동규가 장원한 내력을 이야기해달라고 말할 참인데, 학기씨가 먼저 몸을 일으킨다.

"사무실에 가입시더. 내가 줄 거이 있어요."

사무실에 오니 어제 그 노인이 지키고 있었다. 어깨가 꼿꼿한 것이 이분도 젊었을 땐 학춤을 추었나? 점심을 사드리고 갈까? 그런 생각을 하는데, 학기씨가 철제 캐비닛에서 실로 묶은 고서와 현대판의 얇은 책 한 권을 꺼내온다. 보여줄 것이 있다던 말이 이 책인 듯싶다.

"이 고서는 판술 선생님의 선조가 기록한 것이라 캅디더. 그리고 이 책은 판술 선생님께서 고서를 번역하고 사비로 인쇄한 기라 캅디더. 나는 번역본을 열 번쯤 읽었는데…… 판술 선생님께서 학춤에 전 생애를 바친 까닭이 이 속에 있습니더."

동규는 책을 받아들고 사무실을 나선다.

10

오후 정진시간 전에 동규의 전화를 받았다. 오늘 밤에 도착하겠다는 소식이었다. 오늘 밤은 곤란하다, 모레 서울에서 만나자고 했더니 모레는 안 된다, 내일 오겠다고 해서 선원장은 거짓말을 했다.

"내일은 종단에 볼일이 있어서 시간을 낼 수가 없어요. 모레 12시에 서울 조계사 앞으로 오세요."

동규가 먼저 전화를 끊어버린다. 성질이 났다는 표시다. 성질 죽여라. 네 몫은 달아나지 않는다. 선원장은 자기 방으로 돌아와 수납장 깊숙이 손을 넣어 잡기장 묶음을 꺼낸다. 다연 언니의 통장과 가계부들이다. 두꺼운 묶음이 나오면서 유리병 하나가 딸려나온다. 말린 양귀비 줄기가 아직도 남아 있다. 고통이 시작될 때마다 선원장이 차로 우려서 나연 언니에게 마시게 했다. 너무 많이 마신 날은 얼굴에 화기가 돌았다.

선원장이 놀렸다.

"님 보는 얼굴이네."

"기분이 느긋해지긴 하네."

"언니, 하나 물어봅시다. 그 남자를 아주 싫어했는데, 언제 어떤 점이 좋아져서 연애를 한 거예요?"

"연애……."

"그 남자가 포기하지 않았던 거지요? 그래서 언니 마음도 약해져서……"

"남자라고는 아버지 외에 마음에 품어본 사람이 없다. 따로 만나본 사람도 없었는데, 동규가 왔지. 강풍이 실어온 낯선 씨앗 같은 것…… 그 씨앗을 뱉어낼 수 없는 대지의 숙명 같은 것, 내 처지가 그와 비슷하다고 생각했던 적도 있었다."

다연은 아버지를 묻고 주저앉아 있다가 늦은 밤에 산에서 내려왔다. 허공을 딛는 허깨비처럼 경중경중 걸어왔다. 신발 한 짝이 벗겨졌으나 알지 못했다. 흙투성이 발을 씻지도 않고 방에 쓰러져 누웠다. 밤과 낮이 지나가도 일어날 수가 없었다. 둥근 달이 창호지에 내려와 기척을 알려도 그 인사를 받지 못했다. 며칠째인지 모를 어느 날 밤이었다. 한 사내가 방 안에 숨어들었고 아버지가 다급하게 다연을 깨웠다.

다연아, 일어나그라! 퍼뜩 일어나그라!

예, 아부지요……

다연은 벌떡 몸을 일으켰다. 그러나 일으킨 것은 육신이 아닌 혼이었다. 자신이 남겨둔 육신에 괴한이 능욕을 하고 있었다. 다연은 급히 육신으로 돌아갔으나 괴한을 밀어낼 힘이 남아 있지 않았다. 아버지가 절규했고 다연은 버둥거리기만 했다. 달빛이 괴한의 얼굴을 벗겨주었다. 그자, 혀짤배기, 바로 그자였다. 백 번, 천 번이라도 찍는다던 그 사내가 기어이 도끼로 그렇게 찍은 것이었다.

헉, 선원장은 자신의 입을 막았다. 그자의 끈질긴 집착에 다연 언니가 넘어갔던 것으로 생각했다. 동규가 강풍이 실어 온 낯선 씨앗이라고 했을 때도 잠깐 마음이 돌아서 그렇게 된 결과로 여겼다. 그런데 강간, 동규는 강간의 씨앗.

사내가 떠났다. 다연은 안간힘을 다해 몸을 일으켰다. 맹수도 기운을 잃으면 잡아먹히는 세상이었다. 부엌으로 나가 죽을 끓였다. 참기름과 간장에 죽을 비벼 먹기 시작했다. 목에서 넘어오면 쉬었다가 다시 삼켰다. 호적소리가 들려왔다. 통금 해제였다. 방으로 들어가 요 홑청을 북북 뜯어 방망이와 함께 대야에 담아 휘청휘청 강으로 나갔다. 불길한 흔적은 사람들이 보기 전에 지워 없애야 했다. 양잿물 덩이로 벅벅 문지른 후 방망이질을 했다. 방망이 소리가 새벽 강에게 지시를 내렸다. 아무 일도 없었다. 알겠니?

빨래를 널고 죽을 먹었다. 방을 치우고 죽을 먹었다. 아침 해가 마루로 주욱 뻗어오면서 일러주었다. '네 몸은 네가 지켜야 하는 거야.' 은실네로 갔다.

"홍두깨라니? 다듬이질할 게 있구나. 그거 이리 갖고 온나, 내가 해줄꾸마."

"한 개만 필요합니더."

저녁은 밥을 지었다. 멸치와 김으로 한 그릇을 비웠다. 아버지 바지를 입고 대님으로 가랑이를 묶었다. 달이 떠올랐다. 문 앞에 홍두깨를 두고 기다렸다. 11시가 지났고 곧 통금인데도 그는 오지 않았다. 다음날도, 그다음날도 그림자조차 볼 수 없었다. 혹시 내가 잘못 알고 있나? 그런 일은 일어나지 않았는데, 악몽이었을 뿐인데, 사실로 착각하고 있는 건가? 그렇다면 달빛에 보았던 그 얼굴은 무엇인가? 오래도록 노려오던 남자, 단 한 번으로 끝낼 종자가 아니다. 후탈이 두려워 잠깐 종적을 감추었을 수도 있다. 다연은 결심했다. 지금부터 내가 할일은 그자의 실체를 확인하고 그때의 현실을 규명하는 거다!

다연은 저고리를 갈아입었다. 그자의 집은 춤방 옆집, 연습을 끝내고 나올 때마다 그자가 집 앞에 서서 실실 웃음을 날렸다. 다연이 대문을 나서려는데, 그자가 저만치서 제 발로 걸어오고 있었다. 그러면 그렇지. 한 번으로 끝낼 작자가 아니지. 다연이 마루에 앉자 그자가 대문을 밀고 들어왔다.

"잘 있었나?"

그가 과자 상자를 놓고 옆에 앉았다. 뻔뻔한 태도와 목소리, 온몸이 호두껍데기처럼 굳었고 딱딱한 껍질 속에서 분노가 용암처럼 끓어올랐다. 저 낯짝, 웃고 있는 저 낯짝을 갈기갈기 찢어주고 싶다! 다연이 과자 상자를 집어드는데, 그자가 재빨리 뺏어 들고 능청을 떨었다.

"미안하다. 이해하고 이거나 묵어봐라. 고급이다."

그자가 손수 상자를 열고 과자 하나를 집어주기까지 했다. 다연은 부들부들 떨면서 "댁도 사람이냐"라고 물었다.

"내 색시 만들라고 그랬으니 마음 풀어라. 내가 잘해줄 거시다. 니 아부지 대신 맛난 것도 사주고 옷도 사줄꾸마."

개종자! 아부지가 돌아가신 것까지 꿰고 있었다? 벌떡 일어나 따귀를 갈기려는데, 그자가 재빨리 몸을 일으켰다.

"알았다. 니 마음이 풀리면 내가 보고 싶을 것이니 그때 다시 올꾸마."

그자가 달아나듯 떠났다. 분해서 눈물이 터져나왔다. 다연은 눈물을 닦고 금강공원으로 올라가 아버지 앞에 앉아 한참 눈을 감고 있다가 나직이 물었다.

"아부지요, 지는 인자 우째야 합니꺼?"

아버지가 대답했다.

"자기 몫의 고통은 남이 해결해줄 수 없다. 혼자서 감당해야 한다. 몸의 상처는 아물게 되어 있고 정신이나 마음이 아프다면 망각에 맡기면 된다."

그리고 덧붙였다.

"고통에 지배당하면 시시한 사람이 된다. 이 말 명심해라."

다연은 춤방 큰 선생님을 찾아가 일을 시작하겠다고 말했다.

"그래라. 너희가 장원한 덕에 수련생이 더 생겼다. 학기도 없으니 니가 가르쳐야겠다. 나도 도울 것이니 내일부터 시작해라."

다연은 신입생들을 살펴보았다. 15명. 그중 한 사람은 김문수 선생 자제의 친구로 오래도록 선생의 춤 연습을 보아왔다고 했다. 학기보다 한 살이 많고 인상도 선비형이었다. 다연은 아버지가 형제학춤으로 바꾸기 전에 잠깐 연습을 시켰던 춤이 생각났다. '선비와 기생', 홍백의 춤.

"홍학은 그냥 기생이 아니다. 여장부다. 백학만큼 활기차게! 두 번 돌고…… 찌르듯이 달려갔다가 돌아와 백학과 어깨 나란히 하고……."

아버지의 기록 화첩을 펼쳐보았다. 군무, 장수무, 형제무, 5학무, 홍백무, 아동무……. 장수무 아랫단에는 "조선에서 내로라하는 장수 30명이 동래성전투에서 전몰했다"라고 적혀 있었고, 아동무 편에는 "어린아이들도 죽임을 당했다. 다섯 살짜리 여자아이는 엄마를 부르다가 목이 달아났다"라고 기록되어 있었으며, 마지막 장에는 "동래성 추모제 학춤은 선조에 대한 내 필생의 과업이다"라고 쓰여 있었다. 아버지는 동래성 전몰자 모두를 환생시키고 싶었던 것이다. 어린아이들까지도 떨치고 일어나게 할 생각이었는데, 그 원대한 사업은 시작조차 하지 못하고 돌아가셨다.

"아부지요, 지가 아부지 숙원사업 받들어보겠습니다. 군무, 장수무, 형제무, 5학무, 홍백무, 아동무 모두 만들어보겠습니다. 아동들도 모집해서 지도할 낍니다. 목숨 걸고 하면 못 이룰 게 없다고 아부지께서 말씀하셨지요? 지가 그렇게 할 끼니까 아부지가 도와주이소. 꿈마다 오셔서 일러주이소."

다연은 공책에 계획 종목을 적었다. 군무는 50명은 되어야 하므로 조건이 될 때까지 미루고 장수무 30명이면 주 종목으로 가능했다. 현재 전 교습생이 26명, 부족한 네 명은 권번 예기들을 합류해도 될 것이고 5학무는 어르신들의 창작무이니 그분들에게 맡기면 되었다. 당장 시작할 수 있는 춤은 형제무와 홍백무……. 다연은 인석과 의논해보았다. 인석은 장단 인식에는 약했지만 춤사위 표현은 뛰어났다. 둘이서 2인무를 따로 연습해보겠느냐고 다연이 물었을 때 그는 매우 기뻐했다.

"내가 주 무수가 된다면 그런 영광이 없지요."

첫번째 순서로 몸에 익은 형제무를 선택했다. 호흡이 잘 맞았다. 모이를 주어 아우 앞에 놓아주는 춤사위는 학기의 표현보다 더 자애롭고 우아했다. 인석이 형제무를 완전히 습득했을 때 다연은 구체적 계획을 밝혔다.

"내년 4월 15일이 동래성 추모일입니더. 그날에 추모제 공연을 해볼까 하는데, 인석 오빠 생각은 어떻습니꺼?"

"추모제라면 종목도 많아야 할 낀데요?"

"대여섯 개로 정해졌는데, 내용은 채우지 못했습니더."

"아직 시간이 있으니 내용이 채워지는 대로 연습하면 되겠네요."

"문제는 지 혼자서 다 채울 수 없다는 깁니더. 특히 장수 춤사위 같은 것은 생각만 해도 머리에 쥐가 날 것 같고요."

"그렇겠네요. 여자라서 장수의 특성을 잘 알 수도 없을 테고⋯⋯."

"지는 인석 오빠가 맡아주었으면 하는데, 오빠 생각은 어떻습니꺼?"

"해보입시더."

남자와 여자의 생각은 많이 달랐다. 특히 장수무 의견에서 인석은 장수라면 칼을 들게 하자고 주장했고 다연은 이건 춤이고 예술이다, 장수가 칼을 들고 등장하면 너무 뻔하다, 또 활갯짓이 많은데 자칫 옆 무수가 다칠 수도 있다, 장수가 아무것도 안 드는 것이 밋밋하다면 부채를 들게 하자고 설득했다.

"대신 펼치지 않고 그냥 들고만 있거나, 굳이 무기임을 강조하겠다면 바닥에 던지는 것으로 해도 되겠고⋯⋯."

좀더 생각해보자는 쪽으로 결정을 미루었다.

선원장이 물었다.

"언니, 내보고 장수무에 끼어들라고 하셨잖아요. 내가 뻗정다리라 남자 춤은 잘 출 거라고. 근데 왜 연습하러 오라고 하지 않았어요? 나는 은근히 기다렸는데……"

"그 계획이 결국 취소되었어."

오전 교습을 끝내고 오후는 인석과 둘이서 홍백무 연습을 했다. 백학을 연습할 때는 다연이 장구를 치면서 춤사위를 봐주었다. 전쟁을 앞둔 장수와 기생이라 춤사위가 빠르고 과격하다고 해도 인석은 지나치게 과격했다. 다연은 장수의 분노 표현은 악악거림보다 냉정한 눈길로 상대를 찌를 듯이 쏘아보면서 이성적으로 공격하는 편이 더 자연스러울 것이라고 조언했다.

"내 연습은 이쯤 하고 다연씨가 시작해보이소."

다연도 인석과 다르지 않았다. 연습을 시작하기도 전에 동래 관기와 성안의 여인들이 먼저 떠올랐다. '눈앞에 적이 있다. 내가 죽기 전에 적부터 죽여야 한다!' 다연은 큰 폭의 날음새로 적을 향해 날아올랐다. 은장도를 뽑아 찌르듯이 바닥에 내려앉는 순간 세상이 빙빙 돌았고 현기증이 몰아치면서 까무룩 정신을 잃었다.

"다연씨, 다연아!"

다연은 자신의 몸에 이상한 일이 일어나고 있음을 그날 처음으로 알아차렸다.

"오늘은 이만하입시더."

다연은 거리로 나와 무작정 걸었다. 머릿속이 텅 비었는지 아무 생각도 떠오르지 않았다. 강둑을 걷다가 금강공원으로 갔고 바위에 앉았다가 일어나기를 거듭했다. 추에 달린 돌덩이가 사방에서 얼굴을 때렸다. 집으로 달려갔다. 방바닥에 주저앉아 온몸을 부풀려 가슴에 꽉 차 있는 것을 신음으로 토해냈다. 생각이 살아났다. 공포와 절망도 뒤를 이었다. 아, 아부지. 아부지의 숙원사업, 저의 숙원사업은 이제 어떻게 되는 깁니꺼?

일상은 변하지 않았다. 오전의 교습 지도와 오후의 연습은 어제와 오늘이 같았다. 현기증에 대한 인석의 우려도 곧 사라졌다. 하지만 다연의 머릿속은 동굴에 갇힌 것처럼 캄캄하기만 했다. 전에는 날마다 새로운 생각이 태어나고 자라났는데 갑자기 꽉 막혀 아무 생각도 생산해내지 못했다. 정신도 흐름을 잃고 제자리를 맴돌았다. 그때부터 그자의 생각이 잦아졌다. 연습을 끝내고 나오는 순간이면 눈길이 먼저 그 집으로 달려갔다. 미움도, 증오도, 불쾌감도, 그리움도 아닌 매우 야릇한 감정이 자리잡기 시작했다. 해와 바람이 더워진 어느 날 공일이었다. 방문을 열어놓고 하늘을 바라보고 있을 때 그자가 대문으로 들어섰다. 양복을 쫙 빼입고 머리에는 포마드를 바른 그자가 대뜸 태종대에 놀러 가자고 했다. 막혀 있던 어떤 것이 펑 뚫려나가는 기분이었다.

"전차 종점에서 기다리시소. 금방 갈게요."

그자가 호방하게 웃었다.

"이런 날은 전차 타는 기 아니다. 다꾸시 대절했으니 어서 나오기나 해라."

다연은 머리를 잘 빗어 땋고 고운 옷을 입었다. 왠지 그래야 할 것 같았다. 대절차를 탔다. 그자는 말이 많았다. 알맹이는 없고 풍구에 날리는 지저깨비 같은 말들을 잠시도 쉬지 않고 끝도 없이 쏟아냈다.

"나는 중학교에 입학했다가 곧 중퇴했다. 일본에서 대학을 다니던 우리 형이 공부 병이 들어 죽었는데, 우리 아버지가 나도 그렇게 될까봐 내 공부를 작파시켰다. 재산이 많은데 공부가 왜 필요하냐는 것이 우리 아버지의 지론이었다……"

좋은 감정을 가지려던 마음이 식어갈 때마다 다연은 생각을 다잡았다. 이 사람을 잡아야 한다! 차가 영도다리를 지나갔다. 그자가 기사의 어깨를 툭툭 치면서 말했다.

"이게 그 영도다리지요? 하루에 몇 번씩이나 _끄떡끄떡한다_는 그 다리지요?"

그래 놓고 이 다리 공사는 자기 삼촌이 주도했다면서 알아들을 수 없는 공사 용어까지 써가면서 한참이나 침을 튀겼다.

"은실아, 아니 운영 스님, 좋은 인연이 아님을 뻔히 알았으면서 왜 그를 해결책으로 생각했을까? 내 몸에서 일어난 일인데, 혼자서 해결할 결심은 왜 하지 못했을까?"

바위 위에서 노을을 보면서 다연 언니가 기운이 다 빠진 목소리로 물었다. 선원장이 대답했다.

"그와의 인연이 끝날 시간이 아니었던 게지요. 더 치러야 할 과정이 남아 있다면 아무리 애를 써도 그 굴레를 벗어날 수 없다고 해요."

"내가 좀더 현명했다면, 조금만 더 지혜로웠다면, 혼자서 안고 갈 의지와 용기가 있었다면 아이도, 나도 이렇게까지는 되지 않았을 텐데……."

"아비 없는 자식으로 태어나게 할 수는 없다는 강박증 같은 의무감, 그 천성에 운명이 개입하면 족쇄가 되고 스스로 가두는 그물이 되기도 하는 거지요."

영도다리를 지날 때 다연은 아버지라는 존재 의미를 생각해보았다. 모든 생명체의 근원은 아비라고 했다. 자신의 아버지는 하늘이고, 땅이고, 세상의 모든 것이었다. 덜 돼먹은 남자가 아이의 아비가 되면……. 헉 숨이 막혔다. 그물로 인식이 되던 생명, 이 남자가 자신에게 심어준 생명, 스스로는 절대로 거부할 수 없는 이 생명…….

다연은 뭉친 숨을 풀어내고 나직이 물었다.

"눈병은 다 나았는 기요?"

"눈병? 진작에 다 나았다."

"글믄 와 아직도 집에 가지 않는 기요?"

"갔다가 다시 왔다. 니가 보고 싶어서."

"지금 있는 집은 누구 집입니꺼?"

"고모 집이다. 청록관 알제? 고모가 주인이다."

청록관, 큰 연회실에 방이 20개가 된다는 2층 건물, 동기들의 선방이 가장 자주 열리는 일급 요릿집. 다연은 한참 만에 다시 물었다.

"집이 대구라 캤지요?"

"맞다. 우리 부친 엄청난 부자다. 내가 만약 결혼하면 신혼여행을 일본으로 보내준다고 했다."

태종대에 도착해서 다연은 그와 함께 벼랑 위에 섰다. 바람이 거칠게 불어댔다. 그자가 펄럭이는 양복 자락을 부여잡고 "무슨 바람이 화살 같냐"라고 투덜거렸다. 그는 바람의 비밀을 알지 못했다. 그저 머리와 옷자락을 흐트러뜨리는 방해꾼일 뿐이었다. 다연은 이곳에서 바람을 배웠다. 어린 어느 날 아버지가 말했다. 다연아, 뺨을 들어봐라. 바람이 니 얼굴을 만지제? 기분이 어떠노? 아부지야, 바람이 내 뺨다귀를 꼬집는다, 간지럽다, 춥다……. 아버지는 다연을 꼭 끌어안았다. 우리 딸내미, 말뽄새가 우찌 이리도 지 어미를 닮았을꼬. 아버지는 바람을 좋아했다. 천 가지의 바람결로 천 가지의 무늬를 놓고 천 가지의 소리를 내는 바람, 그 바람은 아버지를 닮아주는 엄마의 애무가 아니었을까? 아니면 그리움을 실어오 는 엄마의 편지였을까. 나를 잉태하고 기념삼아 놀러 왔다던 태종대……. 바람의 천국 태종대…….

갈매기가 선회했다가 절벽 아래 모래톱으로 내려가 앉았 다. 무리지어 놀고 있는 갈매기들, 저들 중에도 아비가 있고 어미가 있고 자식이 있겠지. 강간으로 태어나는 그런 자식도 있을까? 짐승들은 암컷이 허락할 때만 자손을 만든다고 했 다. 인간은 왜 이 지경인가. 무슨 자격으로 경우 없이 새끼를 치기도 하는가. 이 남자에게 나의 어디가 그렇게 만만해 보였 던 것일까.

그자가 말했다.

"저 아래로 내려가보자."

바람결이 한층 부드러웠다. 절벽이 병풍을 쳐준 덕이었다. 기분이 느긋해진 그자가 좌우를 살펴보며 말했다.

"여기 아무도 없는데, 우리 뽀뽀 한 분 하까?"

그가 어깨를 잡으려 하자 다연은 한 발 물러나며 선비들은 밖에서 그런 짓을 하지 않는다고 엄전하게 말했다.

"선비? 그 말은 내가 신사란 뜻이제? 알았다."

그자는 싱긋 웃으며 갈매기들 쪽으로 달려갔다가 되돌아오 더니 이만 올라가자고 했다. 다연이 물었다.

"태종대는 와 오자 캤습니꺼?"

"온천장 사람들 태종대 엄청 좋아하대? 니 마음 풀어줄라꼬 그랬다."

그리고 덧붙였다.

"우리 남포동에 가자."

"거긴 왜요?"

"옷 한 벌 사줄꾸마."

"피곤하네요. 고마 집에 갈랍니더."

그날 밤 그가 또 집에 왔다. 헤어진 지 3시간도 지나지 않아서였다. 첫날밤에는 강간범으로 담을 넘었던 사람이 이번에는 남편처럼 대문으로 당당하게 들어왔다.

"이불 피고 전기 꺼라."

그의 태도가 매우 거슬렸지만 다연은 언짢음을 눅이고 확인차 물었다.

"이라다 알라(아기)를 가지면 우얍니꺼?"

"알라? 장땡이지. 내가 이대독자 아이가."

그가 파고들었다. 그때 다연은 뱃속 아기에게 처음으로 말을 걸었다.

'이 사람이 너의 근본이란다.'

전기봉은 두억시니, 동규는 그의 아들, 그 아비를 닮아 여러 사람 인생을 분탕질해온 동규는 끈질기게 살아남았고 고결했던 내 아들은 소년사(少年死)했다. 살아 있다면 사회에 이익이 될 내 아들은 죽고······.

다연 언니가 불쑥 물었다.

"운영 스님, 오래전에 유행했던 〈불나비 사랑〉인가, 그 유행가 알고 있나?"

"모르겠는데요, 내가 출가한 뒤에 나온 노래인가?"

"내가 소개쟁이를 할 때 그 노래를 별나게 부르는 아이가 있었어. 그때 그 아이의 표정, 어떻게 표현해야 하나…… 온 얼굴을 비극적으로 쥐어짰는데……."

"어떤 노랜데 얼굴을 비극적으로 쥐어짜요?"

"노래 가사가 그랬어. 재가 되어 숨진다 해도…… 그때 불나방 존재를 생각해봤어. 그 존재들이 불에 현혹되는 걸까, 아니면 불이 불나방을 유인하는 걸까? 대체 어떤 함수가 있기에 나방들이 불로 뛰어드는 걸까?"

"이끌리기도 하고, 뛰어들기도 하겠지요."

"사람의 비극은 무엇일까?"

"비극은 운명의 색채라고, 그렇게 생각했던 적이 있어요."

"왜 피하지 못하는 걸까?"

"가면을 쓰고 오니까요. 처음부터 나 비극이요 하고 온다면 휘말려들 사람이 없을 테니까요."

"우리 부친이 말씀하셨어. 나쁜 미래를 막으려면 현재를 잘 닦아야 한다고. 내가 이렇게 된 것은 그때의 현재를 올바로 닦지 못했기 때문일까? 그래서 허당에 빠지고 말았던 걸까?"

"언니의 잘못이 아니잖아요. 업보지요. 언니, 그거 알아요?

업보의 변장술에는 속지 않을 사람이 없다는 것."

"그때 나의 현재에는 나와 태아뿐이었어. 낯선 개체 둘이서 그렇게 상존했던 거야. 각자의 의지를 주장하면서…… 그 의지들이 서로를 인정하고 적응해가는 과정, 그 과정이 내가 닦아야 할 현재였던 거지."

임신 다섯 달째였다. 부모님께 결혼 허락을 받아오겠다던 사람이 스무날이 넘도록 소식이 없었다. 뱃속 아기가 발길질하면서 떼를 썼다. 아빠 찾으러 가! 다연은 은실 엄마에게 부탁했다.

"춤방 옆집이 청록관 주인댁입니더. 그분에게 전기봉이 언제 오는지 좀 알아봐주이소. 내가 묻는다고 말하지 마시고요."

은실 엄마가 가져온 소식은 다연의 생애에 불어닥친 세번째 회오리였다.

"다연아, 너 혹시 그 사람하고 무슨 관계가 있나?"

"아니요. 왜요?"

"그 집 식모가 그러더라. 전기봉이라는 청년은 결혼한다면서 자기 집으로 갔고 인자는 온천장에 올 일도 없을 끼라고."

다연은 대구행 열차를 탔다. 다연은 이런 짓은 천하다, 가지 말아야 한다고 스스로를 다이르고 있으면 뱃속 태아가 떼를 썼다. '난 아비 없는 자식이 되기 싫어.' 그가 가르쳐주었던 주소는 2층 양옥으로 마당에 향나무가 심겨 있는 저택이었고 대문에는 그의 부친 문패가 걸려 있었다. 들어갈 용기가 없어 집 건너편에서 기다리는데, 중절모에 단장을 든 노인이 걸어나왔다. 부친인 것 같았다. 다연은 발걸음이 떨어지지 않아 다가가지도, 물어보지도 못했다. 그리고 잠시 후 다시 대문이 열리더니 새 양복을 차려입은 전기봉과 양장을 한 여자가 하하 웃으며 나왔다. 온몸이 얼어붙어 꼼짝할 수가 없었는데, 뱃속 아기가 재촉했다. '가서 말해. 아빠 옆에 있어야 할 사람은 엄마라고.'

저 좀 보세요, 전기봉씨!

입이 열리지 않았고 움직일 수도 없었다. 그들이 시야에서 완전히 사라진 이후에야 정지했던 생각들이 풀리면서 '전기봉은 결혼할 남자가 아닌, 이미 결혼한 남자'라는 해답이 찾아왔다. 분해되는 정신을 수습하고 귀갓길 열차에 올랐다. 자리가 없었다. 출구에 서서 배를 쓰다듬으며 아기를 타일렀다.

아가, 네가 나에게 왜 이처럼 절차 없이 오게 되었는지 아직은 그 까닭을 헤아리지 못했다만 확실한 것은 너와 나는 그 사람에게 버림받았고, 엄마가 될 나에겐 어떤 해결 방안도 없다는 것이다.

전차를 타고 온천장에 내렸을 때는 비가 내렸다. 기대했던 미래를 잃었다면 새로운 길을 찾아야 한다. 다연은 춤방 큰선생님 댁으로 갔다.

"선생님, 저, 교습 일을 그만두겠심니다."

"그게 무슨 소리고?"

다연은 대답할 수가 없어서 고개만 숙였다.

"동래성 추모공연은 니 부친의 숙원사업이었고 니가 제안해서 시작했는디, 이제 와서 그만두면 우짜겠다는 말이고?"

"사정이 있습니다."

큰 선생님이 무슨 사정이냐고 물었으나 대답할 수 없었다. 큰 선생님이 다그쳤다.

"내가 니 아비 맞잽이다(같다). 자식이 아비한테까지 말 못할 사정은 읎다. 어서 말해보거라."

다연은 임신 사실을 실토했다. 큰 선생님 얼굴이 하얗게 질렸다. 한참이나 입술만 들먹거리다가 된소리로 되물었다.

"상대가 누고?"

"모릅니더."

"모른다이, 그기 이치에 닿는 소리가?"

"아부지 장례를 치르고 몸져누워 있을 때 어떤 남자가 담을 넘어와서……."

"뭐라? 어떤 개호로자식이!"

"……"

"얼굴은 봤겠제?"

"캄캄해서 못 봤심니더."

큰 선생님 미간에 쌍 갈매기가 깊어졌다. 마음속에서 걱정이 회오리를 치는 것 같아 다연이 슬며시 몸을 일으키는데, 큰 선생님이 앉으라고 한 후 옥경 언니를 불렀다. 옥경 언니는 큰 선생님 누이의 딸이었다. 언니를 낳고 누이가 죽어 큰 선생님이 맡아서 키웠는데, 그 언니가 아이를 낳지 못해 친정으로 돌아와 있었다.

"옥경아, 다연이 야가 니 대신 잉태를 했단다."

"예?"

큰 선생님이 다시 다연에게 물었다.

"아부지 장례 때라면 다섯 달쯤 됐겠제?"

"예."

"내일부터 옥경이는 배에 바가지를 넣고 다연이는 광목을 싸서 배를 조여라. 옷도 헐겁게 입고."

다연이 옥경 언니와 서로를 쳐다보고 있자 큰 선생님이 말했다.

"추모공연은 해야 한다. 내년 4월에 하겠다고 협회에 미리 알려둔 일이다. 그러이까 해산 직전까지 연습해야 한다는 말이다. 해산은 몰래 하고 해산 이후에도 교습과 연습은 계속해야 할 것이다. 모든 명무수도 다 그렇게 하면서 살아왔다. 내 말 알아들었나?"

"……."

"옥경이는 다연네로 짐을 옮겨라. 함께 살면서 서로의 역할을 익혀야 할 것이다."

그러겠다고 대답한 사람은 옥경 언니였다. 큰 선생님은 다연 때 산파를 했던 은실 할머니를 불러 다연이 밤중에 날벼락을 맞았다. 얼굴도 모르는 종자의 아이를 가졌는데 그 일로 평생 손가락질받게 할 수는 없다. 아기는 옥경이가 낳은 것으로 해야 하니 노친께서 도와달라고 부탁했다. 은실 할머니는 다연이 홍두깨를 빌려가던 일을 기억했다. 다듬이질도 할 줄 모르는 아이가 웬일인가 싶었더니 그때 변을 당했다고 이해했다.

산달이 다가왔다. 은실 할머니는 시장에 가서 옥당목과 당목을 끊어왔다. 옥당목은 배내옷, 당목은 기저귓감이었다. 은실 엄마는 그 면포를 맹물에 세 번 삶아 배내옷 다섯 벌, 기저귀 20개로 마름질을 했다. 다연을 받았을 때와 똑같았다. 은실 할머니가 다연네와 인연을 맺은 것은 남편이 죽은 뒤였다. 남편은 일본인 부자가 금정산을 금강공원으로 개조할 때 바위 옮기는 일에 동원되었다가 변을 당했다. 바위를 뽑아 올리던 중에 지렛대가 부러지면서 남편의 다리가 바위에 깔렸고 그 사고로 시름시름 앓다가 죽었다. 어린 아들과 남겨진 그녀는 당장 일거리가 필요해 빨랫거리라도 얻으려고 요릿집과 숙박업소를 다녀보았지만 거기서 나오는 이불 홑청은 이미 단골이 정해져 있어 비집고 들어갈 자리가 없었다. 기생들의 버선 빨래라도 얻을까 해서 권번으로 갔다가 당시 총무일을 하던 다연 외할머니를 만났다. 그이가 기생 셋을 소개해주었는데, 놀음이 많은 기생이라 버선 빨래가 축으로 나왔고 단골도 늘어나면서 아들을 키웠다.

다연의 산달 어느 날이었다. 옥경이 가짜 배를 움켜잡고 은실네로 달려왔다.

"할매요, 다연이 아랫도리에서…… 어서 가입시더."

양수가 터진 것이었다. 다연 어미 때도 양수가 먼저 터졌다. 심한 고뿔로 다른 방에 누워 있던 아기 외할머니가 초산이라 오래 걸릴 것이다. 전복죽을 먹여 기운부터 보전하게 하라고 가르쳐주었고 은실 할머니는 다연 엄마에게 했던 것과 똑같이 다연에게도 전복죽을 쒀서 먹였다. 죽그릇을 물리자마자 진통이 시작되었다. 은실 할머니가 다연 입에 수건을 물려주며 다짐을 주었다.

"인자부텀 육천 마디의 뼈가 늘어날 끼다. 소리내지 않고 참아내야 한다. 그럴 수 있겠나?"

다연이 고개를 끄덕였다. 은실 할머니는 은실 엄마에게 미역을 불리고 광어는 푹 고아 뼈를 추려내라고 지시한 후 실타래와 태를 담을 그릇을 준비했다. 들어오는 바람을 막기 위해 방문에 횃댓보도 쳤다. 다연이 온몸을 비틀었다. 이마에서 기름땀이 솟아나는데도 자궁문은 조개처럼 다물려 있었다. 아직 가위를 삶을 시간이 아니었다. 옥경 언니가 다연의 손을 잡고 "이리 아파서 우야꼬, 우야꼬"라고 쓸데없는 소리만 해서 다른 방으로 쫓겨났다. 수건을 물고 부들부들 떨던 다연이 갑자기 잠에 빠져들었다. 진통 간격이 길고 그 사이사이에 잠이 든다는 것은 시간을 오래 끈다는 징조였다. 은실 할머니는 애가 탔다. 다연 어미도 이틀을 끌었고 애를 낳고는 실신했다. 다연에게는 직계 보호자가 없었고 더욱이 초산이었다. 그 누구도 돕거나 해결해줄 수 없는 이 거룩한 공포를 어떻게 해야 하는가. 은실 할머니는 부엌으로 가서 물을 떠놓고 조왕신에게 빌었다. 그리고 다연의 외할머니를 불렀다.

"지가 은혜를 갚자면 다연이 대신 아파야겠지만 그런 이치가 없어 답답합니다. 당신의 일점 혈육 이 손녀가 안전하도록 부디부디 도와주소서."

자정이 가까워서야 자궁문이 열렸고 그때부터 진통의 간격이 빨라졌다. 은실 할머니는 은실 엄마에게 가위를 삶으라고 일렀다.

아기가 태어났다. 아들이었다. 새날이 열리는 축시(丑時), 좋은 시간대였다. 산모인 다연이 잠이 들자 은실 할머니는 태를 들고 금정산에 가서 좋은 자리에 아기의 태를 묻었다.

다연이 희미하게 웃었다.

"다음날부터 옥경 언니와 기묘한 엄마 놀이가 시작되었단다."

"난 정말로 옥경 언니의 아들인 줄 알았어요."

"그랬지. 옥경 언니가 아이를 물고 빨고, 늘상 업고 다니고······ 젖먹이는 시간에만 나에게 넘겨주었지."

"서운하지 않았어요?"

"서운하더구나, 많이."

아이가 돌이 지난 어느 봄날 공일이었다. 담장 밑에서 봉숭아를 심고 있는데, 옥경 언니가 금강공원에 가서 아이에게 사람 구경을 시켜주자고 했다. 다연은 재빨리 동규부터 들추어 업었다.

"언니는 내보다 쪼깨 더 늙어서 알라를 업고 산길로 가긴 힘이 들 낍니더. 그러이까 오늘은 내가 동규를 업겠다 이 말입니더."

옥경 언니는 네 심보 뻔히 보인다는 듯 피식 웃었다.

"그래라. 내보다 쪼깨 젊은 니가 내 아들 업어주라."

공원길 양편에는 벚꽃이 흐드러지게 피어 나무마다 꽃구름에 싸여 있었다. 사람들은 삼삼오오 짝을 지어 웃고 떠들면서 올라갔다. 봄에는 금강공원, 여름에는 해운대와 송도, 가을에는 태종대와 을숙도가 시민들의 유원지였다. 나무 그늘에 찬합을 펼쳐놓고 점심을 먹는 상춘객, 벌써부터 장구를 치는 자리도 있었다. 점심시간이 지나면 여인들은 장구 장단에 춤을 출 터였고 취하면 치마를 벗어 던지고 껑충껑충 뛰다가 멍석에 쓰러져 잠이 들 것이었다. 그네 터를 지났다. 옥경 언니가 독진대아문(獨鎭大衙門) 앞에서 발길을 멈추었다.

"다연아, 이 대아문, 어디서 옮겨왔는지 니 아나?"

"모르는데요?"

"망미루와 함께 동래성에서 옮겨온 기다. 왜놈들이 들어와서 길을 낸다고 없애버리려 한 것을 금강공원을 맹근 사람이 이리로 가져온 기라. 니 저 위에 금문석이 있는 거는 알고 있나?"

"금문석이 뭐인기요?"

"가자, 보이줄꾸마."

등산로 초입에 엄청나게 큰 너럭바위가 있었다. 일본 글자가 새겨진 그것이 금문석이라고 했다. 광복 때 횟가루를 칠했다고 해도 글자가 보였고 일본 글을 잘 아는 옥경 언니가 금문석을 읽었다.

"금강공원은 금정산 연봉 남쪽에 있다. 기이한 바위들이 많고 소나무가 울창한 금강산 모양의 별천지다. 부산의 히가시바라 가지로가 거금을 투자해 이곳에 연못과 탑, 누각의 문을 설치해 개인 동산으로 운용하다가 금년 황기 2600년을 맞이해 전 동산을 본읍에 기증하였다. 이에 기념비를 세우고 유래를 새겨서 후손들에게 전하고자 한다. 황기 2600년 소화 15년, 11월 10일 동래읍장 종칠위 산구 정……."

다연이 물었다.

"그러이까 왜놈 개인이 금성산을 몽땅 차지하고 금강공원으로 만들었다 그 말입니꺼?"

"산뿐만이 아이다. 온천장 전체를 그들이 차지한 것으로 봐도 과언이 아니었다."

온천장은 신라 신문왕이 온정(溫井)을 파고 온천수에 목욕하면서 휴양을 한 이래 역대 왕들도 한 번씩 다녀간 명소였다. 관아에서는 온정의 청결에 신경쓰면서 특별 지역으로 관리해왔는데, 일본 자본가들이 앞다투어 들어와 온정을 굴착하고 대규모 숙박시설과 식당, 상점을 지어댔다. 목욕시설을 갖춘 여관들과 요정들이 우후죽순처럼 생겨나면서 온천장은 일본인들을 위한 환락지가 되었다. 옥경 언니가 계속 이어서 말했다.

"금강공원을 만든 히가시바라라는 부자는……."

그는 금정산 일부를 개인용으로 취득한 후 계곡물을 끌어다 연못을 만들고 계곡 바위 위에 13층의 일본식 석탑, 불상 등을 조성했다. 탐나는 바위들은 자기 정원으로 옮기기도 했는데, 그때 동원된 일꾼들 중 한 사람이 은실 할아버지였다.

"그러이까 히가시바라가 일본 관청에 바치려고 공원을 만들었단 말이지요?"

"처음에는 입장료를 받고 개방도 했던 기라. 몇 년 개인 장사를 하다가 기증한 기지."

본래 온천장은 100여 가호로 조용했던 명승지였다. 일본인들이 들어오면서부터 번잡한 위락지대로 변해 명승지의 품위를 떨어뜨린 거라고 옥경 언니가 덧붙여 말했다.

"언니, 언니는 우찌 그리 모리는 기 없는 기요?"

"내가 여전(여대) 출신 아이가. 하이칼라 남자와 결혼하면 인생 전체를 멋지게 가꾸면서 빛나게 살 줄 알았는데, 법관이 된 그 남자도 후손 앞에는 별수 없더라. 내가 알라를 잉태하지 못한다고 지멋대로 첩을 들이길래 내가 더러바서 고마 보따리 싸삐린 기라."

그때 다연은 마음의 물갈이를 했다. '언니는 존경스러운 여성이다. 언니가 아이를 길러주는 것은 우리의 행운이다.'

다연은 선한 마음을 듬뿍 담아 선물하듯 말했다.

"언니가 1번 엄마 하이소."

"그기 무신 소린데?"

"동규 잘 갈치서 훌륭한 사람 만들 거 아입니까? 그러이까 내가 2번 할 기요."

"니는 천륜 아이가? 나는 선생 엄마 할꾸마."

둘이 서로 선심 공세를 하면서 내려오다가 다연이 슬쩍 물어보았다.

"언니, 혹시 우리 엄마에 대해 아는 기 있습니꺼?"

"너거 어무이? 어무이는 와?"

"권반 동기들이 별장에서 기생이 죽었다는 이야기를 하다가 내가 가까이 가니까 입을 다무는 기라요. 우리 엄마가 혹시 별장에서 돌아가싰나 해서 말입니더."

"니 어무이는 기생 출신이 아니라 무수였다 카던데? 오사카에도 초청되어 가시고, 우리 외삼촌도 같이 가서 한량춤을 추셨다 카더라. 그때 니 어무이 열다섯 살이었는데, 오사카 동포들이 소녀 선녀님이 오싰다면서 우는 사람도 있었다꼬, 내가 춤보다 공부가 좋다고 고집부릴 때마다 외삼촌이 하신 말씀이다."

동규가 칭얼대서 그들은 바쁘게 공원을 내려갔다.

선원장이 물었다.

"진심이었어요? 옥경 언니한테 1번 엄마를 주고 싶었던 것 말이오."

"그 언니가 한석봉 엄마 같았거든. 가끔 생각했다. 옥경 언니가 떠나지 않았으면 우린 달리 살 수 있었을까……."

사람은 저마다 마음의 그릇을 가지고 있다. 선한 마음으로 그릇을 채우면 운명의 강도를 순화할 수 있다. 그것만이 이승의 운명을 수정할 수 있는 유일한 방법이라고 했다. 다연 언니가 동규와 이별했던 것이 업보에 속했다면 그런 식의 이별이 아닌 옥경 언니가 동규를 데리고 떠난 것으로 귀결할 수도 있지 않았을까? 다연 언니는 지혜와 선한 마음을 다 동원했는데도 결국 그렇게 휘말린 것은 악업의 힘이 너무나도 컸기 때문일까? 대체 어떤 악업이었기에 다연 언니의 일생이 그토록이나 모질었을까.

"옥경 언니가 떠난 뒤부터 우리 엄마가 동규를 봐줬지요?"

"그러셨어. 낮에만. 니 할머니와 어무이, 미륵 같은 분들이셨다. 내 양친보다 더 긴 세월 나를 보살펴주셨지."

그해 가을 옥경 언니가 떠났다. 남편이 와서 "첩이라고 들였더니 황소고집에다 무식해서 만정이 떨어지더라. 동생 아들을 양자로 들이기로 했으니 집에 가자. 당신과 내가 지게미와 쌀겨를 먹으며 가정을 이룬 건 아니었다고 해도, 그래도 당신은 내 하나뿐인 첫사랑이고 조강지처다. 내 잘못했으니 고마 용서하고 어서 집에 가자"라고 빌고 빌어서 옥경 언니는 못 이기는 척 따라갔다.

11

동규는 동해남부선 열차를 탔다. 해운사로 갈 필요가 없었기 때문이다. 해운대를 지나면서부터 바다가 펼쳐진다. 동규는 사무실 지킴이 노인에게 점심을 대접하지 못하고 온 것이 마음에 걸린다. 함께 점심을 했다면 노인도 춤에 대해 이야기를 들려주었을 것이다. 이것저것 많은 사실을 알아간다면 내 성의도 입증될 텐데……. 그 여자가 남긴 돈은 대체 얼마일까? 내가 생각하는 것보다 많다고 했지만 그 여자는 본래 짠순이였다. 한 달에 한두 번 돈을 주면서 합계 1만 원을 넘기지 않았다. 때론 10원짜리 지폐만 묶어서 주기도 했다. 생각보다 많다면 5, 6000만 원? 그 돈이면 귀옥이가 나와 함께 살아줄까? 과거에서 미래로 와야 할 내 유일한 여자, 나이가 많다던 그 남편, 여태 죽지 않았다면? 그래서 내 미래에 합류해줄 가능성이 없다면……. 그렇다면 결국은 색시를 얻어야겠지? 싱싱한 영계를 얻어? 동규, 너, 잊었어? 젊은 여자 얻었다가 재산 다 털리고 감옥 왔다던 중소기업 사장! 사람들은 교도소를 인간쓰레기 집합장이라고 하지만 나에겐 반면교사의 장소이기도 했어. 새 옥사 터를 파던 포클레인 기사가 생각난다. 기사가 실수로 감방 벽을 뚫어 잠깐 장기수들 방으로 옮겼던 적이 있었다. 그들은 일본에서 법을 공부했던 사람들이라 해서 나의 무죄를 밝힐 방법을 알려줄 것으로 믿고 호소했다.

"어르신들, 저는 살인하지 않았습니다. 폭력배가 누명을 씌웠는데, 그자도 죽었다고 합니다. 저는 무죄를 밝히고 싶은데, 돈이 없습니다. 종결된 사건이라 국선변호인을 신청할 수 없다고 하는데, 혹시 무료 변호인을 알아봐주실 수 있겠는지요?"

그들은 자기들끼리 헛소리를 하느라 쳐다보지도 않았다.

"이놈의 나라는 언제까지 갈라져 있을 거야?"

"먼저 민주주의가 이루어져야 해. 그래야 통일도 바라볼 수가 있어."

"민주주의 그놈은 오다가 교통사고를 당했나, 왜 이리 감감무소식이야?"

"교통사고가 아니야, 박정희, 전두환이가 민주주의를 감옥에 처넣고 있는 거야."

그때 내가 한마디 했지.

"어르신들, 말도 아닌 그런 얘기가 재미있어요?"

장기수 두 사람은 돌아앉아버렸다. 그 이후 간혹 운동장에서 만났지만 서로가 외면해서 얼굴이 어떻게 생겼는지 기억에 없었다. 대학생들이 왕창왕창 잡혀왔을 때는 어떻게나 소란스러운지 안면방해로 고발하고 싶었다. 아내가 바람을 피워 독살해버렸다는 치과의사는 더 한심했다. 바람피운 연놈을 간통죄로 집어넣으면 될 것을 뭣 하러 죽여서 자기가 갇혀? 멍청이 새끼. 그렇게 살려고 어려운 공부를 했느냔 말이다. 배웠다는 인간들도 자기 관리에 젬병인 것들이 수두룩했어. 고로 배운 여자, 젊은 여자는 가위표! 남편만 없으면 귀옥이 이상 더 맞춤한 여자가 없는데……. 아이들이 있으면 어때. 귀옥이가 낳은 자식이면 내 자식이기도 한 거야. 동규는 창밖을 내다본다. 해변 풍경은 끝나고 비닐하우스들이 줄을 잇는다. 내가 감옥에 들어가던 당시에는 없던 풍경 같은데? 저런 사업은 안정된 직종이겠지? 둘이서 오순도순 채소를 키우면서 말이야. 맛난 음식을 만들어놓고 동규야, 밥 먹자! 아니지. 여보, 당신이 좋아하는 돼지비계 찌개예요!

해수욕장을 지나간다. 겨울철이라 해변이 텅 비었지만 제철이 되면 사람들이 북적거릴 것이다. 집을 얻어 민박을 해볼까? 일거리가 많다고 색시가 싫어하면? 내가 다 해주지 뭐. 한데 귀옥의 남편은 정말 죽었을까? 신설동 설렁탕집 아들도 그것까지는 모른다고 했다. 귀옥이를 강릉 남자에게 중매한 사람은 설렁탕집 아줌마였다. 나이가 많은 남자였으니 죽었을 확률이 크다. 남편은 없지만 자식들이 반대한다면? 그땐 나도 여자를 얻어야 하는데, 세상일에 까막눈인 내가 어디 가서 찾아내지?

동규는 자수하기 전날 그 여자가 했던 말을 떠올린다. "왜, 여자 문제야?" 그 여자, 살인을 했지만 착했어. 군말 없이 죗값을 치러온 것도 그렇고. 하긴 내가 가여웠겠지. 자기 때문에 엄마를 잃었으니까. 가끔은 내가 네 엄마가 되어줄게 하는 그런 표정을 짓기도 했어. 그땐 소름이 끼쳤는데, 죽고 나니 좀 아쉽네. 색싯감을 구해줄 수도 있었는데. 가만, 이러고 있을 시간이 아니야. 대답을 준비해야지. 대답이 별로면 액수가 줄어들 수도 있다고 했는데……. 선원장은 그 여자처럼 물렁하지가 않았어. 깐깐한 여승이라 대충 넘어가지 않을 거야. 들은 이야기들을 잘 꿰어서 빠짐없이…….

동규는 선원장이 면회 왔을 때를 생각해본다. 접견 신청자는 송다연 외 1인이었다. 그 여자가 면회를 왔다? 기특하군. 한데 외 1인은 누구지? 나가보니 송다연은 없고 여승 혼자 앉아 있었다.

"이제 매달 한 번씩 내가 면회를 올 거예요. 필요한 것 있으면 편지로 미리 알려주세요. 준비해올 테니까."

"당신이 누군데 면회를 오겠다는 거요?"

"현금도 필요한가요? 가는 길에 조금 영치해둘게요."

"글쎄, 누구냐니까요?"

"송다연씨 돌아가셨어요. 당신에게 지불할 것은 모두 나에게 맡겼어요. 당신이 형기를 마치고 나오면 전해주라고……."

어디론가 사라졌을 것이라 생각했는데, 죗값을 저축해왔다? 출소하면 전해주라고 그 돈을 맡겨두기까지 했다? 이런 사실을 믿어도 되는가? 여승이 거짓말할 이유가 없지 않은가? 기대감이 증폭했다. 넘어져 있던 미래의 기둥이 슬금슬금 일어났다. 그래, 맞아. 이건 내가 나의 미래에게 가입해두었던 보험이었던 거야. 죽이지 않았던 것이 그에 대한 보험.

"면회 오실 것 없어요. 영치금도 넣지 마시고, 그 돈도 다 모았다가 내가 출소하면 그때 한꺼번에 주세요."

그래, 돈이 생긴다. 돈이 있으니 여자가 있어야 한다. 있어야 할 여자가 귀옥이밖에 없다. 가질 수 없다면 납치해버려? 밀항선을 타고 해외로 나가? 오, 전동규, 너 아직도 정신 못 차렸니? 과거를 홀랑 뒤집어 새사람이 되겠다고 맹세한 너는 어디로 갔나? 뿌리 없는 생각이 잠깐 끼어든 것이라고? 동규는 자기 무릎을 힘껏 갈겼다.

강릉에 도착했다. 10시 조금 넘은 시간이었다. 알려준 주소지는 대구탕집 식당이었다. 영업은 끝났고 문도 닫혀 있었다. 여관에서 자고 다음날 아침식사를 하러 갔다. 카운터에는 머리가 짧은 청년이 앉아 있었고 귀옥이 나이의 여자는 보이지 않았다. 동규는 식사만 하고 나와 바다에서 시간을 보냈다.

바닷가를 걸었다. 찬바람이 목덜미로 파고들어 등골까지 서늘했다. 바닷바람이 차게 느껴지면 나이가 들었다는 증거라고 했다. 갑자기 도달한 중년, 하지만 나에게도 청년기는 있었다. 귀옥이가 만들어준 청소년기, 어떤 무기수는 열아홉 살에 들어와서 쉰일곱 살, 운명이 자기 청년기와 장년기를 훔쳐갔다고 투덜거렸다. 옆에 있던 수인이 "웃기지 마세요. 딸딸이를 열심히 쳐놓구선" 하고 되받았다. "인마, 청춘은 추억인 거야. 추억 없는 청춘은 그냥 몸뚱이인 거야." 귀옥과는 잠자리를 해본 적이 없었다. 한 번만 자자고 애걸해도 허락해주지 않았다. 그런 거사는 아기가 생기는 일, 결혼식을 올린 이후에 하는 거라고 동규를 달랬다. 그런 날은 오지 않았을 텐데도 올 것이라 믿었고 믿는 도끼에 발등만 찍히다가 무기수가 되었고 귀옥은 강원도의 강릉 남자와 결혼해 식당 여주인이 되었다.

동창생 동규 보아라…… 나는 결혼하게 되었고…… 너와 나는 친구고…… 항상 걱정하는 친구고…….

'동창생 보아라'로 시작되는 귀옥의 편지에는 행간마다 추억과 사랑이 듬뿍 담겨 있었다. 동규가 소매치기 형이 현금만 빼내고 버린 빨갛고 예쁜 지갑을 귀옥에게 가져다주었을 때 귀옥은 남이 쓰던 것은 싫다고 고개를 저었다. 사진을 넣는

은목걸이를 사서 선물하자 귀옥은 결혼할 때 금반지를 받고 싶으니 이런 것에 낭비하지 말라고 했다.

동규는 입으로 들어오는 찬바람을 불어내며 이 정도면 잠자리보다 더 멋지고 귀한 추억이 아닌가라고 허허 웃는다.

앞쪽에서 중년의 남녀가 팔짱을 끼고 걸어온다. 요즘 세상에는 나이든 남녀도 저렇게 붙어다닐 수 있나? 시계를 본다. 11시 30분. 동규는 대구탕 집을 향해 천천히 걸어간다.

아직 일러서인지 손님은 없고 카운터에는 아침에 본 그 청년이 앉아 있다. 동규는 청년에게 "혹시 이귀옥씨라는 분 여기 사십니까?"라고 물어본다.

"이귀옥씨요? 우리 어머닌데 아저씨는 누구시죠?"

동규는 먼 친척이다, 사우디에 일하러 간 뒤 소식을 듣지 못했다, 대구 고향에 갔더니 이 집 주소를 가르쳐주었다고 겸손하게 자기소개를 했다.

"우리 엄마, 돌아가셨어요. 작년에요."

동규는 뒷걸음질치듯 식당을 나왔다.

12

다음해 초여름이었다. 다연은 이상한 꿈에 시달리다가 잠에서 깨보니 아이가 배를 내놓고 자고 있었다. 이불을 덮어주고 나와 세수하고 풍로에 불을 붙여 밥을 지었다. 다연은 두부를 졸이면서 오늘 일정을 떠올렸다. 10시부터는 권번 수업, 오후에는 춤방 교습이 있고, 교습이 끝나면 고등어나 갈치 한 마리 사서 아이 구워 먹이고……. 동규가 엄마를 찾는 소리가 들렸다. 옥경 언니가 떠난 이후로는 새벽마다 한 번씩 그랬다. 옥경 언니는 아이도 낳지 못하는데 동규를 아들 삼아 키우는 것이 모두에게 좋은 일이지 않을까, 자주 그런 생각을 할 때 옥경 언니의 임신 소식을 들었다.

은실 엄마가 왔다. 다연은 아이를 맡기고 권번으로 출근했다. 오늘따라 동기가 두 명이나 지각이었다. 그대로 돌려보낼까 하다가 성질을 눅이고 수업을 시작했다. 다연이 이 춤은 표정 표현이 가장 중요하다고 입이 닳도록 말했는데도 비나 이사위에서 히죽히죽 웃는 동기가 있었다. 지난밤 꿈이 생각났다. 어떤 괴물체가 자신의 몸속으로 들어와 정신을 갉아먹는 참 해괴한 꿈이었다. 다연은 꿈자리가 동티가 될지도 몰라 잔소리를 참고 다시 연습을 시켰다.

교습이 끝나고 집에 가려고 다연이 서둘러 나오는데, 총무가 불렀다.

"연다방에서 전화가 왔더라. 은실 엄마가 기다린다고."

은실 엄마가 다방에 왜? 꿈이 기어이 몽니를 부리는가? 다연은 다방으로 달려갔다. 은실 엄마는 동규를 안고 오도카니 앉았고 양옆으로는 중년의 남자와 여자, 그들 맞은편에는 경찰이 앉아 있었다. 동규와 은실 엄마가 마치 포위되어 있는 형국이었다. 동규가 다연을 보고 "엄마!" 하고 부르자 중년 여자가 경찰에게 말했다.

"봐요, 엄마라고 부르잖아요."

"키와주니까 엄마라 카지요."

은실 엄마가 동규를 다연에게 넘겨주며 "동규가 니 아이라꼬 뺏으러 왔단다" 하고 상황을 알려주었다.

다연은 동규를 받아안고 "이 아이는 김귀후 선생님 외손자고 나는 키와주는 것뿐이니 볼일 있으면 선생님한테 가서 말하시소" 한 후 다방을 나왔다. 등뒤에서 경찰이 하는 말소리가 들려왔다.

"저 아기는 김귀후 선생님 외손자라니 잘못 아신 것 같습니다."

"거짓말이에요. 당자가 말했어요. 배 속에 아이를 심어놓고 왔다고. 얼굴도 지아비 빼다 박았는데요?"

배 속에 아이를 심어? 미친놈. 다음날은 공일이었다. 다연이 아이를 끼고 늦도록 자고 있는데, 춤방 사동이 와서 큰 선생님이 부르신다, 아이 옷을 다 싸서 오라신다고 전했다. 그 남자의 고모가 와서 성가시게 구니까 큰 선생님께서 어디론가 피신시키려는 것으로 짐작되었다. 다연은 아이와 자신의 옷가지들을 챙겨 춤방으로 갔다. 큰 선생님이 한 차례 헛기침 한 후 "지금부터 내 말 신중히 듣고 결정해야 한다"라고 말머리를 열었다.

"남자는 여자와 다르다. 모두가 사회적인 동물인 기라. 그들의 인생은 전적으로 사회와 연결되어 있다. 학교를 가고, 군대를 가고, 취직하거나 사회 일을 해야 하는데, 그 연결고리가 뭐라고 생각하노?"

생각해보지 못했던 질문이었다.

"호적이다. 동규한테 호적이 없다. 어릴 때는 어미가 가르칠 수도 있지만 학교에는 갈 수가 없다. 군대도, 취직도, 막말로 장개도 못 간다. 니가 아이를 데리고 있는 한 동규는 이 세상에 없는 존재로 살아야 한단 말이다."

장래권, 아이가 세상에 없는 존재로 살아야 한다, 학교도,

장가도 갈 수 없다? 옥경 언니라면 어떻게 판단할까? 아이의 입장에서 생각해라, 아이를 망치는 일은 어떤 명분으로도 해서는 안 된다고 할 것이다. 사사로운 감정이나 분노에 사로잡혀서도 안 될 일이다. 지금 당장 내 마음을 다잡지 않으면 그 재앙이 아이한테로 갈 수도 있다. 다연은 생각과 마음을 추스르고 하루만 시간을 달라고 말했다.

"그래라. 시내에 나가서 맛난 것도 사 먹이고 옷도 한 벌 사 입히고 오너라."

다연은 동규를 데리고 전차를 탔다. 아이는 처음 타보는 전차에 신이 났는지 심장이 콩닥거렸고 야드르르한 볼도 발갛게 상기되었다. 아이와 함께 충무동에서 내려 자갈치시장으로 들어갔다. 대게 한번 먹으러 가자고 옥경 언니가 염불했던 곳이었다. 찐 대게 한 마리를 사서 선창가에 앉아 아이에게 속살을 파서 먹였다.

"동규야, 인자 어디로 갈꼬?"

다연은 오늘 아이가 좋아하는 일을 다 해주고 싶었다. 장난감도 사고 옷도 사고……. 아이가 대답했다.

"차 타러 가자!"

다연은 아이와 함께 버스를 타고 태종대로 갔다. 태종대에는 바람의 집이 있었다. 다연의 가족이 함께 사는 바람의 집, 오늘은 동규와의 작별을 알려야 할 것 같았다. 다연은 아이의 손을 꼭 잡고 난간에 섰다. 바람은 오늘도 세찼다. 동규가 벼랑 아래의 갈매기들을 가리켰다.

"엄마야, 저기 새들한테 가자."

다연은 동규를 업고 바닷가로 내려갔다. 오늘 바람은 색채와 무늬, 소리가 아니었다. 오늘 바람은 지독하게 안타깝고 지독하게 슬픈 노래였다. 다연은 아이를 안고 볼을 비볐다. 오래오래 비비면서 건강하게 자라야 한다는 자신의 염원을 아이 살갗 속에 심었다.

늦은 저녁에 돌아온 다연은 큰 선생님에게 자신의 요구를 말했다.

"낯선 사람들이 동규를 업고 가면 아가 마이 울 낍니더. 은실 엄마가 집까지 업어다주고 오도록 해주이소. 지는 아가 울면서 가는 거 못 봅니더."

"니 말이 옳다. 그렇게 해라."

아이는 이튿날 그렇게 떠나보냈다. 그날 다연은 아버지의 신단으로 올라가 땅거미가 지도록 앉아 있었다.

다연 언니가 두 눈을 감았다. 그것으로 이야기를 끝낼 모양이었다. 그자가 아니고 왜 여자를 그렇게 했는지에 대해서는 오늘도 말하고 싶지 않은 모양이었다. 얼굴도 창백해서 선원장이 그만 들어가자고 하려는데 다연 언니가 입을 열었다.

"전기봉, 그자가 절규하더구나. 넌 두 사람을 죽였다고……그 절규가 오랫동안 잊히지 않았어."

"두 사람이라니요?"

"그 여자가 임신중이었다더라. 그자 고모 말이 애가 안 들어서서 동규를 데려갔다고 했다는데……."

동규의 세번째 생일날이었다. 다연은 그날만을 기다리면서 살아왔다. 솜으로 누빈 바지와 코트, 손수 짠 스웨터와 벙어리장갑, 모자, 명주 목도리를 장만했다. 아이가 귀한 자손이라 더 좋은 옷을 입히고 있다면 그때는 도로 가져올 생각도 하면서 보자기에 옷들을 쌌다. 대구행 첫차를 타고 자리에 앉았다. 설렘이 구석구석에서 더운 증기처럼 피어났다. 얼마나 자랐을까? 한 뼘? 두 뼘? 나를 알아보긴 할까? 잊었을거야. 잊어도 괜찮아. 잘 자라고만 있으면 돼. 대학도 가고 장가도 가면 돼. 나는 먼발치에서 한 번씩 얼굴만 봐도 돼. 오늘도 만날 수 없다면 옷만 전해주고 와도 되고……. 대구에 내린 시간은 오전 10시 30분경이었다. 학교 축대를 끼고 100보쯤 내려가면 전기봉 문패가 걸린 양옥집이 있다고 했다. 두짝의 대문에 나무 문패의 이름, 전기봉. 이 대문 안에 아들이 있다!

"계세요?"

대문이 열려 있어 다연은 안으로 들어갔다. 집 안에서 유성기 노래가 흘러나왔다. 사요나라, 사요나라……. 방 안에서 여자가 유창한 일본말로 노래를 따라 불렀다. 다연은 현관으로 들어서서 그녀의 노래가 끝날 때를 기다리고 있었는데, 어디선가 가늘고 희미한 소리가 들려왔다. 마루 안쪽 방에서였다. 이 집에 고양이가 있나? 고양이가 아닌 탈진한 아이의 울음소리 같았다. 다연이 안으로 들어가 방문을 열어보았다. 앙상한 사내아이가 발가벗겨진 채 푸른똥을 뭉개고 앉아 울고 있었다. 동규였다. 다연은 헉 하고 주저앉았다가 벌떡 일어나 아들을 코트로 감싸안았다. 다연이 현관으로 나갈 때 안방에서 그 집 여자가 말했다.

"모찌 사 왔어?"

전기봉 그자가 저 여자를 위해 모찌를 사러 나갔다! 아이는 병든 짐승처럼 가둬두고 모찌놀이를 하고 있었다! 다연은 방문을 열었다. 여자는 이불 속에 발을 묻고 누워 돌아보지 않고 물었다.

"생과자도 샀지?"

두고두고 이해할 수 없었던 점은 그때 그냥 아이만 싸안고 나왔으면 그들도 동규를 찾지 않았을 것이고, 방문을 열지 않았으면 과도를 사용하는 일도 없었을 텐데 어찌하여 그런 일들이 순차적으로 일어났느냐는 것이었다. 다연이 여자에게 일어나라고 했다. 여자가 상체를 일으키고 다연을 보더니 놀라지도 않고 큰 소리로 지껄여댔다.

"잘 왔네! 데려가! 나도 똥칠이나 하는 애는 더이상 못 키워!"

그때 사과 쟁반에 놓인 과도가 보였다. 다연이 아이를 내려놓고 과도를 집어들자 여자가 "이 기생년이 미쳤나?" 하고 소리치면서 다연을 후려쳤다. 다연이 그녀의 머리채를 휘어잡자 여자가 발로 차며 계속해서 "기생년, 기생년" 하면서 악을 썼고 다연은 기생년 소리를 들을 때마다 그녀를 찔렀다. 여자가 주저앉자 다연은 칼을 던지고 아이와 옷 보따리를 챙겨 그 집을 나왔다.

역 대합실에서 아이에게 옷을 입혔다. 말린 개구리같이 비틀린 아이는 다연을 알아보지 못했다. 그렇게 잘하던 말도 다 잊었는지 어버버거리기만 했다. 아가, 부산에 가서 병원에 가자. 의사가 너를 고쳐줄 거야. 열차시간이 되어 몸을 일으키는 그때 전기봉 그자가 대합실로 들어섰다. 경찰과 함께였다.

그 사건으로 다연 언니는 35년을 선고받았으나 20년 만에 출소했다. 옥경 언니의 남편 덕이었다. 변호사인 그는 그간의 모든 진실과 증거 자료를 찾아 항소했는데, 감형의 결정적 단서는 살인에 이용된 칼이 본래 그 집에 있었다는 것과 그 여자가 먼저 위협했다는 것, 그들이 아이를 죽이려고 겨울에 발가벗긴 채 냉방에 방치했다는 것 등이었다.

선원장에게 가장 큰 충격이었던 것은 그들의 악행이나 다연 언니의 살인 행위보다 전기봉의 국적에 대한 비밀이었다. 옥경 언니에 따르면 본래 그는 일본인이었다는 것, 그의 성은 소전(小田)이었고 이름은 공방(公房)이라나 뭐라나, 그와 비슷했는데 성씨를 소전에서 전(田)자만 차용하고 이름을 기봉으로 바꾸었다고 했다. 왜정 때 그의 백부가 경상남도 어느 지방의 군수였고 그 권력을 이용해 엄청난 땅과 재산을 축적했는데, 그 재산을 일본으로 전부 가져갈 방법이 없어 성과 이름을 바꾸어 신분을 세탁하고 눌러앉았다는 것이다. 그렇게 국적을 바꾸고 주저앉은 일본인들이 전국에 퍼져 있다는 것, 은실이 머리채 선을 보았던 청록관도 일제 때 한 일본인이 지은 건물로 전기봉 집안에서 사들인 것이라 했다. 옥경 언니가 덧붙여 말했다.

"남편의 대학 동창 중 한 사람은 수입 허가를 받아 서울에 빌딩을 두 채나 올렸단다. 정착자들 중에는 일제 물건 수입과 밀수를 하는 작자들도 많았다는 거지."

미싱회사 사장, 머리채 서방이 생각났다. 질 좋은 국산품으로 가격도 적당해 날개 돋친 듯 팔렸던 그 미싱도 결국 일본인 수입상 계략으로 몰락했던 것이다.

"돌이켜봐라. 해방되고도 얼마나 오래도록 이 땅에 일제 물건들이 판을 치고 있었노? 기생들이 쓰던 화장품들, 물분 도와르, 시세이도…… 기생들, 정신차려야 한다. 이 땅의 주부들은 동동구리무로 아모레를 키워냈는데, 기생들은 그저……"

선원장이 불쑥 다연 언니에게 물었다.

"언니는 전기봉이 왜놈이었다는 것을 언제 알았어요?"

"……."

"동규가 왜놈 씨앗이라는 것을 알고도 자식이라는 생각은……."

"동규는 왜놈 씨앗이 아니다. 그 애 몸에 있던 왜놈 씨는 그들이 죽었다. 그날 내가 데리고 나온 아이는……." 다연 언니가 잠시 중단했다가 다시 이었다. "내가 이승에서 엮어낸 나만의 인연, 순전한 내 피붙이다. 전기봉과 아무 상관이 없단 말이다."

몸을 일으키던 언니가 휘청이면서 주저앉았다.

"업고 갈까요?"

"아니다, 괜찮다"라면서 언니가 다시 허리를 세웠다. 선원장은 다연 언니의 깡마른 어깨를 보면서 동규가 말린 개구리 같았다던 말이 생각났다. 그러니까 언니의 살인은 동규를 살리기 위한 방편(方便)이었을까? 그렇게라도 동규를 살려야 할 어떤 이유가 있었고 그 이유를 지키기 위해 언니가 그런 짓을 한 것이라면, 그 이유가 십바라밀 중 하나라면 그 행위는 천계의 은밀한 의도였을까? 아니면 모성 본능? 언니가 강조한 것은 순전한 자기 피붙이라는 것이었다. 그렇다면 혈통? 언니는 철저하게 옹호와 보호를 받으며 자랐다. 성장 과정에 우리 가족까지 동원되었던 것도 특별했다. 그러니까 언니에게는 피붙이라는 단순한 의미보다 자기에게 연결된 자식은 자신의

부친이 그랬듯이 철저하게 지키고 보호해야 한다는 의무와
정신의 행로가 아니었을까?

　　선원장은 손바닥으로 방바닥을 쓸어본다. 그날 저녁 불공
을 드리고 돌아와보니 다연 언니는 이 자리에서 앉은 자세로
영면해 있었다.
　　"언니, 모레 동규를 만나요. 만나서 모든 걸 건네준 후 언니
는 저와 태종대로 가는 거예요. 언니가 소망하던 곳, 아버지
와 어머니가 만나던 그곳, 바람의 밀실이 있다는 그곳에 언니
를 안치해줄 거예요."
　　태종대 앞바다에 뿌려다오.
　　다연 언니의 유언이었다.

13

동규는 조계사 근처 여관에 들었다. 배가 고파 밥 먹을 데를 물어보니 인사동으로 가면 식당이 많다고 여관 주인이 일러준다. 한 골목에서 친숙한 간판 하나가 눈으로 뛰어든다. 부산식당. 안으로 들어가 생태찌개를 시켜놓고 출구 문을 바라보며 '이 며칠간 제가 이처럼 부산을 예우하고 있습니다. 선원장께서 어려운 질문을 하지 않도록 부산, 당신이 좀 도와주시오'라고 희떠운 말놀이를 하다가 찌개 뚝배기를 받는다. 생태가 이처럼 맛난 생선인지 예전에는 미처 몰랐다. 달고 시원해서 한 그릇 뚝딱 비우고 소화도 시킬 겸 인사동 길로 들어선다. 저만치 호떡 장사가 보이자 귀옥과 장충동 공원 앞에서 호떡을 사 먹던 일이 떠오른다. 호떡을 들고 입김을 풍풍 쏘아올리며 하하 웃을 때 흥분이 온몸에 돌기를 세웠다. 동규는 귀옥의 손을 잡았다. 거기까지였다. 공원 안으로 끌고 들어가 입 한번 맞춰보자고 애원했더니 사람이 많은 밖으로 되끌고 나왔다. 동규는 강원도에서 서울행 버스에 앉아 3, 4시간 내내 귀옥과의 추억만 뒤적였다. 다동 패거리에게 걸려 다구리를 당했을 때 귀옥이 잠자는 식당 뒷방으로 갔다. 귀옥은 빨간약을 발라주면서 "통금이라서 재워주는 거다"라고 말했다. 새벽녘에 잠이 깼을 때 동규의 손은 귀옥의 젖가슴 위에 올려져 있었다. 거기까지였다. 만져보려고 가슴을 움켜잡았을 때 귀옥이 그의 손을 뜯어냈다. 거절하는 귀옥의 행동이 왜 그렇게 예뻤을까. 보고 싶다. 이번에는 정말로 만지고 싶었는데……

동규는 걸음을 멈춘다. 리어카에서 빵모자를 쓰고 호떡을 뒤집는 저 얼굴, 창신동 옛 동패다. 동규는 얼른 등을 돌린다.

동규는 세수한 후 여관방 벽에 기대앉아 선원장의 예상 질문과 그에 대한 대답을 생각해본다. 대답보다 먼저 사과부터 해야겠지?

'그분에게 모진 말을 했던 일, 사과드립니다. 그분은 실력 있는 춤꾼이었어요. 진작에 그 얘기를 해줬으면 저도 그렇게까지는 하지 않았을 겁니다……'

그 말은 변명으로 들릴 수 있으니 그냥 학기씨 이야기부터 하자.

'김학기라는 분이 말씀해주셨습니다. 두 분이서 아주 친하셨다고. 그분과 연애를 했는지 어쨌는지는 모르겠습니다다만 김학기씨가 요양원에서 돌아와보니 송다연씨는 온천장에 없었다고 했습니다. 타향으로 시집을 갔다는 소문을 들었다는데, 그 타향이 대구였던가요? 좀 이상했던 것은 그 누구도 제 부친에 대해 알거나 언급했던 사람이 없었다는 것입니다. 제 부친이 기혼자라는 사실을 숨기고 송다연 그분에게 접근했기 때문이었겠지요? 두 사람이 비밀리에 만났으리라는 것까지는 추측해볼 수 있습니다만, 그렇다고 해도 살인사건까지 있었던 일인데, 어떻게 아무도 모를 수 있었을까요? 더 애매한 것은 왜 우리 엄마가 피해자가 되었느냐는 것입니다. 제 부친이 속였다면 죽어 마땅한 사람은 제 부친이어야 하지 않았을까요? 하긴 이런 추측도 가능하겠네요. 우리 엄마가 두 사람 관계를 알고 칼을 들고 그분을 찾아갔고, 두 분이 몸싸움하다가 그분이 칼을 뺏어 우리 엄마를 찔렀을 수도 있다는 것, 세상에는 그런 일이 허다하니까요. 그저 밀치기만 했는데, 상대가 죽어 살인자가 된 사람도 있으니까요.'

동규는 허공을 보면서 자신을 나무란다. 동규, 선원장은 스님이야, 스님이 살인사건에 대해 물을 리 없잖아? 그는 자신의 머리를 툭툭 치고 다시 집중한다. 숙성되지 않은 생각들을 생짜로 끄집어내려 하니 머리가 터질 것 같다. 그는 이불 위에 벌렁 누웠다가 다시 일어나 TV를 켠다. 채널을 돌려보지만 온통 딴 세상, 흥미가 동하는 이야기가 없다. 입실할 때 주인이 했던 말이 떠오른다.

"여자를 불러줄까요?"

여자를 불러 회포나 풀어? 귀옥의 사망 사실을 안 날인데, 여자를 품어? 그건 아니지. 생각도, 집중도 할 수 없는데, 잠이나 잘까? 자리에 누우려는데 가방이 보인다. 아, 그래, 김학기씨가 준 책, 그 여자 부친의 선조가 남긴 기록이라니 읽어두면 도움이 되겠지. 책 제목이 낯설다.

『동래성 순절도』.

동래성 순절도

동래성이 있었다. 송상현이 동래부사로 부임할 때 애첩 한금섬과 그녀의 아들 기열이 함께 따라왔다. 부임한 해 후 임진년 정월 스무날 나랏님께서 동래 온정(溫井, 온천장)에 온천수 휴양을 오셨다. 이때 동래부사는 서자 기열과 기열과 동갑인 관기의 아들 출이를 온정관 안에 들여보내 약관의 시중을 들게 했다. 온정관 실내에는 구리 기둥을 박고 돌로 쌓은 관정이 있었고 그 옆에는 나무로 짠 큰 욕통이, 욕통 옆에는 천을 깔아둔 긴 평상이 놓여 있었는데, 지금 임금님은 김이 모락모락 피어나는 관정 안 온천수에 옥체를 푹 담그고 계셨다. 약관이 임금님께 아뢰었다.

"전하, 이제 옥체를 욕통으로 옮기시옵소서."

임금님이 관정에서 나오자 출이는 명주 천으로 옥체를 감싸고 욕통에 들어가도록 도와드렸다. 욕통 안에는 마른 쑥을 삶은 물이 파르스름하게 찰랑거렸다. 임금님은 기분이 좋으신지 입속으로 뭔가를 흥얼거리셨다. 한참 후 약관이 다시 아뢰었다.

"전하, 이제 평상으로 옮기실 시간이옵니다."

임금님이 욕통에서 나와 젖은 두루마기를 벗으시자

출이는 그 옷을 거두고 평상에 옥체를 뉘도록 도와드린 후 긴 명주 천으로 임금님의 목과 복부, 다리를 덮었다. 다음은 기열이 차례였다. 기열이 물중탕기를 들고 임금님의 목에서부터 발끝까지 따뜻한 약수를 찬찬히 끼얹었다. 냄새가 향긋하고 감미로웠다. 약관이 아뢰었다.

"오늘은 탱자 피와 어성초를 달인 물이옵니다."

약수가 천을 통해 임금님의 몸 구석구석으로 스며들었다. 기분이 좋아진 임금님이 눈을 지그시 감은 채 기열에게 물으셨다.

"이 온정에 지팡이를 꽂은 사람이 누구라고 했느냐?"

어제 기열이 이미 해드린 이야기였다.

"예, 원효대사이옵니다. 그분의 지팡이는 귀목이었는데, 그 지팡이가 뿌리를 내려 자란 것이 온정 바깥의 아름드리 저 나무라고 전해져옵니다."

"이 물에 몸을 씻으면 병이 낫는다고 했느냐?"

"예, 전설에 따르면 다리를 다친 학이 여기 이 온정에 발을 담그고 있더니 사흘 만에 일어나서 훨훨 날아가더라고 했습니다."

"그리고 누가 또 나았다고 했느냐?"

"학이 날아가는 것을 본 노파가 온정 물로 매일 목욕했더니 온몸에 퍼져 있던 종기가 깨끗이 사라졌다고 했습니다."

탕실 밖에서 동래부사 송상현이 아뢰었다.

"전하, 황공하옵니다. 그놈이 버릇이 없어서 꼬박꼬박 말대꾸하고 있사옵니다. 용서하옵소서."

"알았으니 물러가라!"

임금님이 기열을 가까이 오게 하여 나직이 말씀하셨다.

"동래 고을에는 학이 많다고 들었다. 다음에 올 때는 그 내력을 들려다오."

기열이 머뭇거리자 임금님이 재차 지시하셨다.

"여기에 산성도 있다고 들었다. 그 또한 자세히 조사해 보거라, 알겠느냐."

"예, 전하……."

임금님이 평상에서 내려오자 줄이가 마른 명주 천으로 조심스럽게 옥체의 물기를 닦아드렸다.

임금님은 하루를 더 머무신 뒤 한양으로 귀궁하셨고 기열과 줄이는 임금님이 떠나신 이틀 후부터 동래 고을을 돌아보기 시작했다. 동래의 지형은 학의 형상이라 마을 이름도 학의 몸통으로 구획되어 동체에 속하는 곳은 마안령(馬鞍領), 왼쪽 날개 부분은 동장대(東將臺), 오른쪽은 서장대(西將臺), 학소대(鶴巢臺), 학암(鶴岩), 학란(鶴卵)으로 불렸다. 줄이가 자주 간다는 학암은 별명조차 대조석(大鳥石)으로 높고 넓은 바위에는 많은 학이 무리 지어 서식하고 있었다.

출이가 앞서서 호숫가로 내려갔다. 가지마다 눈을 내밀기 시작한 뚝버들 군락지 아래에 학암이 있었다. 마을에서는 학들이 놀란다고 가까이 가지 못하게 하는 신성한 곳인데, 출이는 노을이 질 때마다 와서 학들의 군무를 본다고 했다. 출이가 학들을 바라보며 말했다.

"임금님께서 오시면 인자 내가 이바구해드릴 끼다. 내는 다리 다친 학이 아니라 힘차게 춤춘다는 이바구를 해드릴 끼다. 내는 여기서 태어났다. 타관에서 온 니보다 백배는 더 많은 이바구를 해드릴 수 있다고 말씀드릴 끼다."

기열이 이야기는 함께 수집하고 임금님에게 전할 때는 번갈아가며 하자고 제안했더니 출이가 마음을 풀었다.

다음날 그들은 산성으로 갔다. 성읍에서 온정까지는 1시간, 온정 부락에서 임금님이 머물렀던 온정관사를 지나 북쪽으로 한참 걸어가서 왼쪽으로 올라가는 산길을 타면 산꼭대기에 산성이 있었다. 기열은 산성에 대한 내용을 기록하려고 봇짐에 벼루와 먹, 닥종이를 준비했고 출이는 초입으로 올라서면서부터 자신이 아는 이야기를 펼치기 시작했다.

"약초 할배가 산성을 처음 쌓은 것은 신라 때라 카시더라. 그리고 한참 뒤 성종 임금님께서 온정에 자주 오셨는데, 임금님께서 산성을 돌아보시고 증축 명령을 하싯다는데, 얼마 후 돌아가시는 바람에 시작도 못 하싯다 카더라."

산꼭대기에 성터가 있었다. 두 소년은 축대로 올라가 사방을 휘둘러보았다. 앞으로는 동래성, 뒤로는 낙동강 줄기. 전망으로는 명당이었다.

"사방이 다 내려다보인다. 적이 어디서 기어오든지 훤히 다 볼 수 있어!"

"저 아래에도 성벽이 있다. 거기도 가보자."

정상을 타고 10리쯤 내려갔다. 끊어지고 이어지던 산성 성벽이 거기서 완전히 끝나 있었다. 산성이 있는 금정산 정상의 길이는 30여 리. 임금님께 보고한다면 끝까지 증축하라고 하실 것이다. 기열은 폭포 옆 바위에 봇짐을 풀고 눈으로 확인한 전경을 가감 없이 그려나갔다. 그리고 또 한 장을 더 그렸는데, 그것은 끝까지 완성된 성축이었다.

"이건 뭐꼬? 우리가 이런 거짓뿌렁도 이바구하잔 말이가?"

"아니, 이건 새로 지을 도면이야. 이걸 보여드리면 더 기특해하실 거야."

기열은 도면에 성문과 망대(望臺)까지 표시했다. 글씨가 아닌 기호였다. 줄이가 한자에 능숙하지 않음을 감안한 것이었다.

"이건 또 뭐꼬? 네모와 고깔 말이다."

"네모 네 곳은 성문과 수구문이고 고깔 열 개는 망대야."

기열은 다른 지방에서 본 산성 모습을 베낀 것과 현재의 산성 그림을 잘 접어 봇짐에 넣었다. 산길을 타고 내려오면서 출이가 내일은 왜관에 씨름판 구경을 가보자고 했다.

"니 일본 사람들 씨름하는 것 못 봤제? 그 사람들 씨름할 때는 샅바로 불알과 똥구멍만 가리더라. 그 얘길 해드리면 임금님께서도 배꼽을 잡으시겠제?"

두 소년이 낄낄거리다가 문득 출이가 물었다.

"그란데 임금님 배꼽을 배꼽이라 캐도 되까? 몸과 다리는 옥체라 카는데, 배꼽이라 카믄 곤장 맞는 거 아이가?"

"임금님 앞에서는 그런 말 하지 않으면 되지."

다음날 두 소년은 주먹밥을 들고 왜관으로 갔다. 왜관은 부산진 포구에서 조금 떨어진 곳(초량)에 있었다. 씨름이 재미나면 끝날 때까지 놀다 올 참이었는데, 왜관은 초입부터 텅 비어 있었다. 공마당 씨름터에도, 우물가에도 사람은 그림자도 보이지 않았고 가옥마다 커다란 자물통이 채워져 있었다. 기열과 출이는 헛걸음만 하고 발길을 돌렸다.

그날 음력 2월 7일(1592), 부산진성 동헌 회의실에는 부산진첨사 정발, 정발의 비장 이정헌, 동래부사 송상현, 울산군수 이언성, 양산군수 조영규, 다대포첨사 윤흥신, 경상좌병사 이각, 경상우감사 김수, 경상우병사 조대곤, 경상우수사 원균, 밀양부사 박진 등이 집결해 수군절제사 박홍을 기다리고 있었다. 박홍의 수군이 왜관 주민들이 사라진 곳을 탐색하기 위해 대마도 쪽으로 떠난 것이 사흘 전이었다. 경상우수사 원균이 물었다.

"집집마다 자물통이 걸려 있고 가재도구는 그대로 있더라고 했는데, 그 사실을 아신 것은 언제입니까?"

부산진첨사 정발이 대답했다.

"사흘 전, 파발을 보낸 그날 알았다."

"그럼 판옥선은……."

그때 마침 박홍이 들어와 보고했다.

박   홍 : 왜관 사람들은 대마도로 소개해 있더랍니다.

정   발 : 대마도요? 우리 포구 경비들은 본 적이 없다는데, 대체 언제 어디로 그처럼 감쪽같이 빠져나갈 수 있었단 말입니까?

김   수 : 지금 그런 걸 따질 때가 아닌 것 같습니다.

윤흥신 : 그렇습니다. 그들은 틀림없이 전쟁 준비를 하는 것입니다.

이언성 : 적의 첫 침투지는 어디가 될 것 같습니까?

조영규 : 왜관 사람들을 철수시킨 걸 보면 부산포입니다.

박 홍 : 그렇습니다. 부산포는 제1국경지로서 해상 관문이자 요충 해역입니다. 적들은 반드시 이곳으로 침투할 것입니다.

원 균 : 우리 병선 상태는 어떻소?

박 홍 : 우리 관할 판옥선은 두 척이고 모두 양호합니다.

원 균 : 부산진성 군사는 얼마라 그랬지요?

정 발 : 1000명입니다. 반 이상이 정예병들이라 잘 막아낼 수 있습니다.

원 균 : 적들의 목적이 침략이라면 1, 2000명으로 오지는 않을 것입니다. 대군을 몰고 올 수도 있는데, 1000명으로 대적할 수 있을까요?

김 수 : 우리의 방어체제가 제승방략(制勝方略)*입니다. 경상우도, 경상좌도 소속 전 고을이 결집해 합동으로 대적하면 막아낼 수 있을 것입니다.

윤흥신 : 적들이 부산포와 다대포를 동시에 치고 올 수

• 제승방략이란 부산진이 침략을 당했다면 경상좌우도에 속하는 고을 전체의 수령들이 자기 군사를 이끌고 가서 합동군으로 싸운다는 전략이었다. 김수의 주장이 옳을 수도 있지만 만약 방어 지역이 무너지면 후방도 속수무책이 된다. 1차 후방지인 동래부사 송상현은 그 점이 매우 우려되었으나 목민관 처지로 장수들 의견에 이러쿵저러쿵 끼어들 수 없어 입을 다물고 있었다.

도 있습니다. 우리는 성에 남아 방어하겠습니다.

이　각 : 그도 옳은 생각입니다.

원　균 : 다대포와 서평포를 제외한 나머지 고을은 모두 부산진성에 집결하는 것으로 결정하고 각자 돌아가서 그에 대한 준비를 합시다.

회합이 끝나자 참석자들은 자리를 털고 일어나 마방으로 나갔다. 각자 자기 말을 타고 서둘러 떠나는데, 동래부사 송상현은 말고삐를 잡고 양산군수 조영규를 기다렸다. 조영규가 돌아오자 송 부사가 좀 걷지 않겠느냐고 물었다.

"그러지요."

조영규는 나이는 조금 아래였지만 성격이 맑고 박학다식해 언제 한번 정담을 나누고 싶던 상대였다.

"조 군수, 부산포 방어 때 총지휘는 누가 맡을까요?"

"제승방략이니 중앙에서 내려올 것입니다."

"지휘자는 중앙에서 오고 각 고을의 병사들은 멀리 떨어져 있습니다. 적이 들이닥쳤는데, 우리 군사가 도착하지 않는다면 부산포는……."

"정 첨사는 여진족을 물리친 명장입니다. 잘 대처할 것입니다."

"왜적의 군사가 많거나 우리가 열세에 몰린다면, 만

에 하나 막아낼 수 없다면 다음 차례는 동래성이 되겠지요?"

"그렇게 되겠지요."

"우린 자체 군사가 200명뿐입니다. 그것도 고을민 수호군입니다. 그 인력과 수로 적들을 대적할 수 있을까요?"

"어렵겠지요. 동래성이 무너지면 한양이 위험한데, 그건 더더욱 안 될 일이고요."

"더 큰 문제는 나에게 전투 경험이 없다는 것입니다."

"부임하시자마자 성 밖으로 나무들을 빽빽이 심었다던데, 그건 일종의 방비용이 아니었습니까?"

"성책용으로 심었지요. 나무만 울창하면 성 내부의 가림막으로 충분하고 적들도 쉽게 접근하지 못하겠지만 조 군수, 나무를 심은 것이 작년입니다. 몇 년은 더 자라야 가림막이든 방패막이든 되지 않겠습니까?"

"그렇겠습니다."

"조 군수께서는 형님께서 장수시고 전투 경험도 있다고 들었습니다. 고견을 듣고 싶은데, 오늘 우리 성에 머물러주시면 안 되겠습니까?"

"특별한 소견은 없지만, 술이나 한잔 나누지요."

그날 밤이었다. 관저 사랑에서 술상을 받은 송 부사는 기열을 불러 두 사람 대화를 받아 적으라고 지시했다. 조영규가 말했다.

"왜적에게는 조총이 있다고 들었습니다. 서양에서 입수해 똑같이 만들었다는데, 이번 전쟁에 그걸 사용할 것입니다."

"우리의 승자총통과 적의 조총이 다른 점은 무엇입니까?"

"다른 점은 철환과 쇠 화살입니다. 승자총통은 화살을 장전하는 데 일일이 불을 붙여야 하고, 화살이 나가는 데 시간이 걸리지만 조총은 철환에다 다연발이며 명중 거리도 아주 길다고 합니다."

"우리가 우선적으로 준비할 것은 철환을 막아낼 방패인데, 그건 어떻게 만들어야 할까요?"

"가림막 성첩이 없으니 손으로 들고 막는 것이어야 할 것입니다."

"목판을 만들어야겠지요?"

"그 방법밖에 없겠습니다."

기열은 '조총 철환을 막아낼 방패' 다음에 '목판'이라고 기입했다.

"대총통(대포)도 있어야겠지요?"

"그건 조정에 의뢰해야 할 것입니다."

기열은 '대형승자총통, 한양에 의뢰'라고 적었다. 송 부사가 물었다.

"우리 성은 성첩이 없고 또 평지에 있어 방어 조건으

로는 매우 불리합니다. 성첩이야 어쩔 수 없다지만 평지의 약점은 최대한 보완해야 할 텐데, 좋은 의견 없겠습니까?"

"해자를 파면 도움이 될 것입니다."

기열이 '해자'라고 적었고 조영규가 뒤이어 말했다.

"1차 방어로는 성 앞에 참호를 파고 궁수부대를 배치하는 것도 고려해볼 수 있겠지요."

"마름쇠는 어떻겠습니까?"

"마름쇠라면 세 가닥의 못 말입니까?"

"그걸 거꾸로 세워 성 앞에 묻어두면 쉽게 접근할 수 없겠지요?"

"송 부사, 그거 좋은 생각입니다!"

기열은 '참호와 궁수'를 적었고 그 아래에 '마름쇠'라고 기입했다.

그로부터 두 달 후였다. 음력 4월 13일 오후 4시경, 조방장 홍윤관이 급하게 달려와서 보고했다.

"횡령산 봉수대에서 연기가 피어오릅니다. 전쟁이 시작된 것 같습니다!"

송 부사가 성루로 뛰어올라갔다. 구름 사이로 검은 연기가 무겁게 피어올랐다. 조방장에게 군영에 가서 비상대기 시키라고 지시한 후 송 부사는 동헌으로 돌아왔다. 들뛰는 심장을 진정시킬 겸 마당을 서성이는데 기열이 어깨에 봇짐을 지고 들어왔다.

"나리, 봉수대 연기는 부산진성에서 피운 것이지요?"

"그런 것 같다만 그게 어떻다는 게냐?"

"제가 주산진성에 가서 사정을 알아보고 싶습니다. 그냥은 들어갈 수 없을 테니 나리께서 서찰 하나 써주시면 좋겠습니다."

"봇짐에는 뭐가 들었느냐?"

"잡기장과 붓통이옵니다."

"기다려라."

송 부사가 집무실에서 서찰을 들고 나와 비장 어른에게 전하라고 했다. 기열이 서찰을 받아 넣고 나오는데, 송 부사가 다시 불렀다.

"전쟁이 시작되었으면 지체 말고 곧장 돌아와야 한다. 알았느냐?"

"예."

"천둥이를 타고 가거라."

천둥이는 동래부사 전용의 말이었다. 신이 난 기열은 껑충껑충 뛰면서 마방으로 달려갔다. 그는 천둥이를 좋아했다. 가끔 들판으로 데려가 신선한 풀을 먹였고 더울 때는 냇가로 끌고 가 몸을 씻겨주기도 했다.

"천둥아. 부산진성에 간다. 비호처럼 날아라, 알았지?"

천둥이도 그 말을 알아듣고 쏜살같이 달려나갔다. 부

산진성의 성문은 이미 경계가 삼엄했다. 성문을 통과한 기열이 곧장 비장을 찾아서 서신을 전했다.

"너희 부사 나리, 참 면밀하시구나. 그럼 어서 받아 적을 준비를 하거라."

기열은 봇짐을 풀고 책상 위에 있는 벼루를 당겨와 붓을 적셨다.

"오늘 신시(오후 3시)에 적의 병선 수백 척이 발견되었다만 군사 수는 아직 파악하지 못했다."

기열은 '적의 병선 수백 척'이라고 적었다.

"적들의 병선은 절영도(絕影島, 영도) 앞에서 대기하고 있다. 즉시 상륙하지 않는 까닭은 곧 날이 저물기 때문일 것이다. 4시쯤 적의 정탐선이 성 앞바다까지 와서 정찰하고 가는 것이 목격되었다. 정탐꾼 몇 놈이 바닷가에서부터 성 앞까지 박아둔 말뚝을 흔들어보았다고도 했다. 하지만 끄떡없다. 방어선을 따라 참호를 파둔 것은 보지 못했으니 선두 열은 참호에 빠져들 것이다."

기열이 자기 의견을 말했다.

"적들이 우리의 방비가 철통같다는 걸 알았으니 포기하고 돌아갈 수도 있지 않겠습니까?"

"그런 일은 절대로 없을 것이다. 우리가 우려하는 점은 적군의 수와 병선이 예상외로 많다는 것이다."

"부산신첨사 나리는 여진족을 물리친 명장이라고 들었

습니다. 아무리 적들이 많아도 반드시 물리칠 것입니다."

"우리 첨사님은 명장이지. 그런데 너는 그런 소리를 어디서 들었느냐?"

"저희 서원 노개방 교수가 들려주었습니다. 지난 두 달 동안 유생들은 왜적과 부산 포구들에 대해 배웠습니다."

"부산 포구들……."

"경상도 제1해상 관문은 부산포 외에도 다대포, 가덕진, 미조항이 포함되어 있으며 총책임자는 수군절제사 박홍 나리라고 했습니다."

"부산진성과 동래성의 다른 점은?"

"부산진성은 조선 제1해상 관문이자 요충지라 무관인 첨사 나리께서 맡으시고 동래읍성은 부산 지역의 정치, 경제, 행정, 문화를 관장한 도호부라 목민관 송상현 나리께서 성주가 되신 까닭입니다."

"너는 나이도 어려 보이는데 서원에서 배우느냐?"

"예, 낮에는 맨 뒷자리에서 그냥 얻어 배우고 저녁에는 부사 나리 심부름을 합니다. 그리고 또……."

"그리고 또?"

"지난 정월에 임금님이 온천수 휴양을 오셨을 때 제가 시중을 들어드렸지요. 그때 임금님께서 저에게 읍성에 대한 이야기를 수집하라 이르셨습니다."

비장은 크게 고개를 끄덕였다. 임금님이 기록을 명했

다면 자신도 최선을 다해 알리고 보여주는 것이 도리였다. 그는 기열을 데리고 성루로 올라갔다. 성루에는 첨사가 서서 바다를 바라보고 있었다. 성 앞에서 바닷길까지 자욱하게 꽂힌 말뚝들 위로 어둠이 내려앉았다. 비장이 첨사에게 아뢰었다.

"대총통 포환은 아직 만들지 못했습니다."

"이유가 뭔가?"

"납과 주석이 조금 전에 도착했습니다."

"승자총통은 몇 문인가?"

"정예병 개개인이 모두 소지하고 있고 여유분도 있습니다."

"여진족들도 승자총통으로 몰아냈네. 이번에도 그렇게 대응하세."

다음날 새벽 3시부터 1000명의 군사가 동시 식사를 시작했다. 동원된 부녀자들이 가마솥의 고깃국과 밥을 퍼주고 물동이를 들고 다니며 물시중을 들었다. 갑옷과 투구를 쓴 정예병들은 물론 일반 군사들 얼굴에도 자존감이 넘쳐났다. 성곽은 튼튼했고, 방비는 철통같았으며, 첨사 정발은 적들이 벌벌 떠는 명장이었다. 반궁(半弓)부대 유격대들이 선두 적들을 교란해 참호로 유인하면 성벽에서 집중 공격을 해서 침략자들을 물리칠 터였다!

새벽 4시, 탐망꾼이 돌아와 정발에게 보고했다.

"모든 배가 부산포 우측 포안(우암동)에 접안해 있었습니다."

"우측 포안에? 언제 이동했단 말인가?"

"한밤에 이동한 것 같습니다."

"유격대를 풀어라!"

첨사 정발은 검은 전투복으로 갈아입고 망루로 향했다. 망루에는 갑옷에 투구를 쓴 장교와 지휘관들이 먼저 나와 있었다. 첨사가 그들 옆으로 다가섰다. 새벽에 도착하기로 한 합동군들은 아직 기별이 없었다. 해가 떠올랐다. 어제 심술을 부리던 구름은 어디로 다 갔는지 하늘은 맑고 투명했다.

"적들입니다!"

적의 무리가 구름떼처럼 밀려왔다. 박아둔 말뚝을 젓가락처럼 뽑아내고 참호에 흙과 돌을 메우면서 성큼성큼 다가들었다.

"유격대들은 어디에 있나?"

지휘관이 유인작전에 실패한 것 같다고 보고하자 첨사 정발은 즉시 공격 명령을 내렸다. 궁수들과 정예병들, 성첩 위의 모든 군사가 동시 공격을 했다. 적들이 쓰러져갔다. 그들은 무기 대응 대신 부상자만 치워내고 그대로 진격해오는가 했더니 갑자기 멈춰 서면서 말을 탄 선두 적병이 손을 쳐들었다. 중단하자는 신호 같았다. 정발이 그래도 공격 명령을 하려는 순간 적병이 글을 쓴 목판 하나를 높이 치켜들었다. 목판에는 "싸우려면 싸우고 싸우지 않으려면 길을 빌려달라"라고 쓰여 있었다. 정발이 벽력같이 명령했다.

"쏴라!"

정예병의 승자총통에서 쇠붙이 화살들이 날아가는 동안 궁수들도 일제히 화살을 쏘았다. 적들의 철환이 아군의 쇠화살을 떨어뜨리는 모양새가 마치 무기들끼리 공중전을 벌이는 것 같았다. 우선 적군 수가 너무 많았다. 합동군이 올 때까지 아군을 보전하는 것이 우선의 목적이라고 판단한 정발이 "성첩 밖으로 머리를 내밀지 마라, 총통이든 화살이든 통구(通口)를 통해 쏘아라"라고 지시했다. 그때 적들이 삼중작전을 펼쳤다. 적군들이 우레처럼 달려와 해자를 메웠고 후열에서는 널빤지와 사다리를 치켜들고 달려와 성벽에 척척 내걸면서 성벽으로 기어올랐다. 아군들은 철환과 화살을 귀신같이 피해가면서 적들의 사다리를 넘어뜨렸다. 합동군이 도착할 때까지 이런 기세를 유지한다면 적들을 물리칠 수도 있었다. 그때였다. 적들이 방향을 틀어 서문으로 몰려갔다. 남문은 뚫기 어려워 서문을 겨냥한 것이었는데, 그 문 또한 세 겹의 나무 사이에 철심을 넣은 것으로 쉽게 뚫리지 않을 터였다. 하지만 아니었다. 적들이 방향을 바꾸어 북문으로 달려갔다. 북문은 시구문이기도 해서 부산진성에서 가장 허술한 곳이었다.

첨사과 정발 장군들이 성루에서 내려와 그쪽으로 달려갔으나 이미 적들이 홍수처럼 밀려들고 있었다. 백병전이 시작되었다. 장교와 정예병들은 숨 쉴 틈도 없이 검을 휘둘렀고 정발 첨사는 적군 둘의 목을 날리고 세 명의 가슴을 찔렀다. 하지만 1대 수백이었다. 활과 창뿐이라면 시간은 끌 수 있겠으나 조총이었다. 연발에다 명중 거리도 길었다. 총소리가 공기를 찢었다. 여기저기서 정예병들이 쓰러져갔고 검과 철환에 병사들이 죽어갔다. 비명과 고함소리로 아비규환이었고 사방에서 피가 튀었다. 정발을 향해 철환이 날아왔다. 두 군데서였다. 철환이 차례로 정발의 가슴과 목을 뚫었다. 정발이 피를 뿜으며 쓰러지자 아군들은 전의를 잃고 주저앉거나 무기를 버렸다. 부산진성은 그렇게 함락되었다. 4시간 만이었고 어느 지역에서도 합동군은 오지 않았다.

기열은 동문으로 빠져나왔다. 천둥이를 타고 곧장 달려 동래성에 도착한 것은 아침 10시 30분경이었다. 송부사가 다급하게 물었다.

"부산진성은 어떻게 되었느냐?"

"첨사 나리가 돌아가신 것 같았습니다만 급해서 확인까지는 하지 못했습니다."

"합동군은 왔더냐?"

"새벽에 다시 파발을 보내는 것 같았습니다만 제가 떠나올 때까지는 아무 데서도 도착하지 않았습니다."

동래성으로는 내일쯤 쳐들어올 것이다! 송 부사는 조방장을 불렀다.

"어서 파발을 띄워 합동군을 부르시오. 울산, 양산, 밀양, 기장, 경산 등 지원군이 올 만한 곳에는 모두 요청하시오!"

파발을 띄운 후 성내 시찰을 시작했다. 성벽 둘레 해자에는 물이 잘 흘렀고 마름쇠 작업은 보름 전에 끝났다. 그사이 비가 한 번 와서 마름쇠들이 더 단단하게 박혔다. 군영에서는 화살 운반 작업을 하고 있었다. 화살은 산더미처럼 쌓였고, 장정 열 명이 바쁘게 새끼를 꼬았으며, 군사들은 꼬아둔 새끼로 화살을 100개 단위로 묶어 쌓았다. 운반 군사들은 화살 뭉치를 달구지에 싣고 성벽 안 여기저기에 내려두었고 성벽 군사들은 그 화살 뭉치를 토성 둔덕에 올려놓았다. 동래성은 성첩이 없고 성턱도 좁았으나 성벽을 받치는 토성 둔덕이 있었다. 성벽보다 키가 낮았지만 여러모로 사용도가 많았다. 송 부사는 성턱에 서서 머릿속으로 내일 성턱에 배치할 장수들을 그려보았다.

그 시간 민가의 남자들은 낫을 갈았고, 노인들은 곰방

메와 도리깨를 집 앞에 내놓았으며, 노파들은 호미를 찾아 그 옆에 두었다. 출이의 엄마 관기 매월은 관기들과 성내 부녀자들을 모아 동헌 뒤쪽에 있는 관저로 가서 동래부사의 애첩이자 기열의 모친 한씨에게 돌멩이도 무기가 된다고 한다. 우리가 성 밖으로 나가 돌멩이라도 주어올 테니 달구지를 내달라고 청했다. 한씨는 동헌으로 달려가서 겸인으로부터 소달구지 석 대를 얻어 관기들과 아녀자들, 그리고 자신도 합류해 성 밖으로 나갔다.

그날 오후 비장 송봉수가 헐레벌떡 뛰어들어 왜적 탐망꾼이 얼쩡거린다고 보고했다.

"탐망꾼? 몇 명이던가?"

"인원수는 세어보지 못했다는데 떼전이라고 합니다."

"무장을 했던가?"

"조총을 들었다는데 가서 처치해버릴까요?"

조방장 홍윤관이 말렸다.

"그건 벌집입니다. 건드리면 시간만 앞당길 뿐입니다. 지금은 그냥 모른 척하시는 게 상책입니다."

"조방장 말대로 하세."

그때 양산군수 조영규가 군사 500명을 이끌고 도착했고, 한 식경 후 경상좌병사 이각이 병사 400명을 이끌고 입성했으며, 뒤이어 수군절제사 박홍이 휘하 병력을 이끌고 들어왔다. 경상우감사 김수가 군사 500명을 대동해서 들어오자 송 부사가 달려나가 덥썩 손을 잡았다.

"김 감사께서는 파발을 보내지 않았는데, 어떻게 알고 오셨습니까?"

"부산진성을 도우려고 출발했는데, 이미 함락되었더군요. 그래서 이리로 왔습니다."

해가 지고 있었다. 서녘 노을이 지독하게 붉었다. 부산진성의 처참한 죽음을 통곡하는 것인가. 미리 떠오른 달도 벌겋게 물들었다. 성 밖에서 돌멩이를 실은 달구지들이 붉은 노을을 등에 업고 차례로 들어왔다. 산과 들, 강변을 돌며 주워 모은 돌이 달구지 석 대에 가득했다. 부인, 처녀 모두가 치마를 걷어올리고 달구지의 돌을 둔덕 아래에 내려놓았다. 매월이 지시했다.

"돌을 군데군데 나눠서 쌓아둡시더."

"어디, 어디로 나누나?"

"계단 밑에 두면 들고 올라가기도 수월할 낍니더!"

"우리 매월이는 춤도 잘 추고 지시도 잘하고 고마 대장해라."

"무신 대장이 좋을꼬?"

"돌멩이 대장."

여인들의 굳었던 얼굴이 슬며시 퍼지고 있었다. 어쩌면 저 미소들이 이승에서의 마지막일지도 모른다 싶어 한씨는 몰래 한숨을 쉬었다.

그날 초저녁이었다. 서원 교수 노개방의 지시로 관노들과 사노들, 노비들이 옥사(獄舍) 내의 땅을 팠다. 서생들이 관내 행정 문서들과 책들을 옮겨다놓자 관노들이 그 위에 가마니를 두껍게 덮고 흙으로 고른 다음 널빤지를 덮었다. 기열이 그 일을 끝내고 동헌으로 돌아왔을 때 부사의 집무실에는 장수들이 둘러앉아 회의를 시작하고 있었다. 기열은 먹과 종이를 챙겨서 한쪽 구석에 앉았다.

"군부가 나라의 몸이라면 도호부는 백성의 정신입니다. 현재 몸이 다쳤으니 정신이라도 지켜야 합니다."

그때 부산진성에서 통역관이 왔다. 대마도에서부터 왜군과 동행했다는 그는 감시를 피하느라 밤에 왔다고 하면서 저간의 경위를 설명했다.

"도요토미 히데요시가 연전에 일본 전역을 장악했다는 것은 모두 아실 것입니다. 장악 후 그는 곧장 전쟁 준비를 했답니다. 병선과 무기 제작, 군인 훈련 등……."

"조선을 치겠다고……."

"그들의 목적지는 조선이 아닌 명나라라고 했습니다. 큰 땅덩이의 상권을 차지하는 것이 목적이고 조선은 지나가는 교두보라고 했습니다. 부산진성에서도 길만 비켜주면 그냥 지나가겠다고 했습니다."

"그래 병력은 얼마나 되오?"

"군사 총 30만 명, 병선 1000여 척이라고 했습니다. 그 군사를 제1군 1만 9000명, 제2군 2만 2000명, 제3군 1만 1000명으로 나누어 부산포 부산진성과 다대포, 김해, 거제 등으로 출동시켰고 부산진성을 친 고니시 유키나가는 제1군 총사령관으로 병선 700척을 이끌고 최선봉으로 와서 반나절 만에 부산진성을 함락했습니다."

"상황은 어떠했소?"

"포로가 된 군사는 200명, 민간인 남녀 500명, 합계 700명이었습니다. 적들이 남성들과 여성들을 따로 갈라세운 후 저를 불러 남성 포로들에게 두 조로 나누어 시신을 성 밖으로 옮기라고 지시했습니다. 1조는 둘이서 시신 한 구를, 2조는 머리 두 개씩을 들고 나가라고 했는데, 어떤 청년은 형의 머리를 가슴에 품고 시신을 따라가면서 기동을 못 하는 우리 노모는 이제 어떻게 하느냐고 펑펑 울었고, 또 한 노인은 시신 옆에 떨어져 있는 머리를 들고 그 시신에 붙이려고 애쓰고 있었습니다."

"……."

"가슴을 쳤던 것은 한 소년이 포로가 들고 가던 머리를 빼앗아 들고 '아부지! 아부지!' 하고 절규하자 감시병이 포로의 어깨를 치면서 그 머리를 되받으라고 깍깍댔고 아버지 머리를 빼앗긴 소년이 할아버지 만류에도 불구하고 적에게 돌멩이를 던지자 적이 득달같이 달려와서 소년의 목을 벴는데, 노인이 손자의 머리를 안고……."

여기저기서 신음소리가 흘러나왔다.

"첨사 시신은 어떻게 되었소?"

"고니시 유키나가가 예를 갖추어 묻어주라고 했지요. 그가 직접 비명까지 썼는데, '부산신성 흑의장군 정발, 부산진성전투에서 가장 용감했다'라고……."

장수들은 모두 눈을 감고 명복을 빈 뒤 회의를 진행했다. 경상좌병사 이각이 먼저 입을 열었다.

"적들의 침략시간은 내일 아침일 것입니다."

"진성에는 새벽에 들이닥쳤다는데요?"

이 말에 대해 양산군수 조영규가 대답했다.

"부산진성에서 새벽에 출발한다 해도 여기에 도착하려면 아침나절이 될 것입니다."

이각이 조영규에게 휘하 병력이 몇이냐고 물었고 조영규가 500명이라고 대답하자 이각이 지시했다.

"조 군수가 새벽에 군사를 이끌고 나가 1차 방어를 하시오."

그의 지시에 울산군수 이언성이 반문했다.

"적들은 수효가 많다는데, 500명으로 방어가 가능하겠습니까?"

이에 대해 수군절제사 박홍은 '유격이든 교란이든 앞을 막아야 할 군대는 있어야 하니 조영규가 이각의 지시대로 일단 출전하고 상황이 여의치 않으면 즉시 퇴각하면 될 것'이라고 강조했다.

"이제 지휘체계와 군사 배치를 논의하지요."

군사 배치는 아직 도착하지 않은 지방이 있으므로 새벽으로 미루고 먼저 지휘 직급부터 정했는데, 총지휘는 송상현, 중위장 조영규, 좌위장 이언성, 대장(代將) 송봉수, 서문 지휘 김희수, 후열 지휘 박홍과 이각이 맡았다.

4월 15일 이른 새벽, 부산은 바람이 성한 지역이었다. 동래가 바다와 조금 떨어져 있다고 해도 바람결은 해변과 별반 다르지 않았는데도 이날은 바람 한 점 없는 대신 안개가 자욱했다. 올해 들어 안개가 낀 적 없었는데 이번이었다. 늪지들과 호수들이 담합하듯 바람을 막고 안개를 뿜어낸 것인지도 몰랐다. 말을 탄 조영규가 군사를 이끌고 안개 속을 헤치고 나아갔다. 당천을 건너갔을 때 탐망꾼이 돌아왔다.

"적들이 쳐들어오고 있습니다! 선두가 마병(기마무사)입니다!"

"수는 얼마나 되던가?"

"말은 수백 필쯤 되고, 보병은 수만 명인 것으로 보였습니다."

사신의 병력으로 그 어떤 일도 할 수 없다고 판단한 조영규는 곧장 퇴각해 성으로 돌아왔다. 그사이 성안에는 울산, 기장 등 경상좌도 지역의 거의 모든 병사가 도착해 총 3500명의 합동군과 조선에서 내로라하는 장수 30명이 집결해 취병장 안팎을 꽉 메우고 있었다. 조영규가 송 부사와 장수들에게 적들의 동태를 보고하자 경상좌병사 이각과 수군절제사 박홍이 갑자기 태도를 바꾸었다.

박　홍 : 정황상 매우 불리하겠는데요?

이　각 : 더욱이 이곳 성은 평지에 있고 성첩도 없습니다.

송상현 : 그래서 마름쇠도 깔았습니다.

이　각 : 부산진성에는 더 많은 말뚝과 참호를 파두었지만 간단히 제거했답디다.

박　홍 : 성첩이 없는데, 조총 사격이나 궁수 공격에 병사들은 무엇으로 방어합니까?

송상현 : 목판을 만들었습니다.

박　홍 : 목판이 대군과 신무기를 막아낼 수 있을 것 같소?

이　각 : 유격전으로 해야 합니다. 군대를 재편해서어서 성을 나갑시다.

송상현 : 백성들을 모두 성으로 대피시켰습니다. 우리가 성을 나가면 백성들은 다 죽으란 말입니까? 그건 절대로 안 될 일입니다.

박　홍 : 나는 성을 나가야겠소. 내 군사 반을 남겨줄
　　　　테니 알아서 하시오.
이　각 : 나도 성 밖에서 지원하겠소.

박홍이 먼저 자기 병사를 이끌고 나갔고 이각도 뒤따라 나갔다. 송 부사가 달려가 이각의 손을 잡고 통사정했다.

"이렇게 가시면 우리 성은 어쩝니까? 가지 마시오. 여기 남아서 나와 함께 싸워주시오."

"이 성은 그대 책임이니 그대가 지키시오."

"어찌 나만의 책임입니까? 절제사의 관할이기도 합니다. 이 성을 지켜야 할 의무는 우리 모두에게 있지 않습니까?"

"밖에서 협공하고 지원한다지 않소. 소산역으로 갈 것이오."

이각이 끝내 뿌리치고 떠나자 송 부사는 절망했다. 조영규가 가만히 다가와 그의 손을 잡았다.

"송 부사, 우리가 있지 않소. 한 사람의 참된 기백은 천군만마와 같다고 했습니다. 우리가 목숨 다해 싸울 것이니 너무 심려치 마시오."

성을 나간 이각*은 군사를 이끌고 소산역 근처까지 갔다. 소산역은 제법 큰 마을이었다. 그곳에는 제3군을 이

끈 오무라 요시아키 장군의 군사 1만여 명이 진을 치고 있었다. 지략적인데다 성품이 잔인한 오무라 요시아키는 전날 새벽 3시경 다대진성(포)을 급습, 다대포첨사 윤흥신과 그의 아우 윤장수, 군 장교들을 몰살하고 금품을 약탈한 후 서평포로 진격, 마을 전체를 쑥대밭으로 짓밟았는가 하면 동래성을 향해 진격해오면서 지나오는 마을마다 약탈과 살인을 일삼았다. 소산역에 도착한 그들은 고을의 모든 소와 닭들을 징발해 군사들의 식사를 준비하게 했다. 불평하는 노인들과 백성들을 느티나무 아래에 모아놓고 처형했는데, 멀리서 이 장면을 지켜본 이각이 군사들에게 조용히 지시했다.

"우리는 본영으로 소리 없이 퇴각한다!"

한편, 박홍과 그의 군사들은 동래성에서 15리쯤 떨어진 당천으로 향했다. 오리나무 숲을 헤치고 나가보니 냇가 저쪽 모래톱에 엄청난 수의 적군이 진을 치고 있었고 마병들이 야릇한 깃발을 들고 어디론가 달려갔다가 되돌아오곤 했다. 마병들이 든 것은 대나무에 장수 복장을 입힌 허수아비로 옷은 적색, 모자는 청색, 등에는 적색 깃발, 허리에는 장검을 착용하고 있었는데, 궁수의 화살

● 경상좌도 이각, 적들의 위세에 눌려 도망(동래성전투 기록).

을 유인하기 위한 위장용이었다.

박홍은 그 광경에 겁을 먹고 퇴각 명령을 내렸다.•

"우리는 수영 본영으로 돌아간다!"

송 부사와 장수들이 갑옷에 투구를 쓰고 성루에 올랐다. 해가 맑은 얼굴로 동천에 걸렸다. 새벽의 안개는 어디로 갔는지 하늘에는 구름 한 점 없었다. 조영규, 홍윤관, 송봉수가 송 부사 양옆에 붙어 섰다. 무장한 장수들과 정예병들이 차례로 성턱의 자기 자리에 올라섰다. 서문에는 김희수, 서문과 남문 사이에는 곽재우·권응수, 동문과 남문에는 이언성·김시민 등이 배치되었다.

10시경이었다. 적들이 밀려왔다. 성책으로 심어둔 방어선 나무들을 획획 뽑아내거나 간단하게 베어내고 빠르게 진격해왔고 청색 모자에 붉은옷을 입은 마병들이 깃발을 펄럭이며 그 뒤를 따랐다. 송 부사의 얼굴이 경직되자 조영규가 마름쇠는 쉽게 파내지 못할 것이라고 위로삼아 말했다.

적들은 성책 나무들을 다 처리한 후 4대열로 나뉘었다. 1분대는 동쪽, 2분대는 서쪽, 3분대는 횡령산 쪽, 나

• 박홍이 허수아비와 깃발만 제대로 보았다면, 동래성에 전달이라도 했다면 최소한 성을 버리고 달아났다는 오명만은 벗었을 것이다(『서정일기』).

머지는 제자리를 지켰는데, 그들 군사를 총동원하기에는 동래성이 너무 작아 횡령산 쪽 3분대는 쉬게 한다는 전략으로 읽혔다. 조영규가 오만이 극에 달한다고 중얼거렸지만 오무라 요시아키 군사들까지 거의 3만 명이라 성면적에 비해 적군 수가 너무 많은 것도 사실이었다.

마병들이 움직이기 시작했다. 아군 모두 활을 잡는데, 송 부사가 "마름쇠 마당으로 뛰어들 때까지 쏘지 마라!"라고 지시했다. 말들이 뛰어들었다. 전열이 비명을 지르며 주저앉자 적장이 즉시 마름쇠 제거를 지시했다. 적들은 창이나 칼끝을 이용해 1000여 평에 심어둔 마름쇠를 단시간에 제거하더니 요란한 복장의 마병들이 먼저 진격해왔다. 송 부사가 공격 명령을 내렸다. 화살들이 빗발처럼 날아가자 정면으로 달려오던 마병들이 동서로 갈라져갔다. 송 부사가 동문과 서문을 향해 대응 공격하라고 외쳤다. 마병들이 갑자기 방향을 틀어 되돌아왔고 그들이 다시금 동서로 갈라졌다가 되돌아왔다. 아군의 집중 공격으로 화살이 그들의 모자, 옷, 깃발에 누비듯 꽂혀도 쓰러지는 적병이 없었다. 홍윤관, 송봉수가 고개를 갸웃거릴 때 마병들이 위장용 장수들을 성벽에 척척 걸쳐두고 자기들 진영으로 돌아갔다. 성벽에 걸쳐진 것은 대나무에 옷과 모자, 장검을 채운 허수아비들이었다. 궁수들은 여태 허수아비를 쏜 것이었다.

"공격을 중단하라!! 허수아비다! 공격을 중단하라!"

"적진을 보십시오!"

장고 옷을 갖춰 입은 마병 한 사람이 성루 앞으로 걸어와 손에 든 목판을 쳐들었다. 목판에는 다음과 같이 쓰여 있었다.

싸우겠다면 싸울 것이나 싸우지 않으려면 길을 빌려달라(戰則戰矣 不戰則假道).

기열한테 전해들었지만 정말로 그렇게 잔망을 떨었다고는 믿지 않았다. 송 부사가 답글을 썼다.

싸우다 죽을지언정 길을 내줄 수는 없다(戰死易 假道難).

송 부사가 답글 목판을 성 밖으로 내던지며 지시했다.

"적들의 공격이 시작될 것이다. 목방패를 들어라!"

성루와 성턱의 군사들 목방패가 일렬로 세워졌다. 적들이 잠깐 주춤했으나 즉시 조총 공격을 시작했다. 아군들이 쳐들었던 목방패가 펑펑 뚫리거나 쪼개져나갔다. 철환을 막아내기에는 목판이 너무 얇았다. 군사들은 쓰러졌고 새 병사들은 사상자를 끌어내린 후 그 자리에 섰다.

"사다리부대가 온다! 궁수 공격하라!"

궁수들이 깍지에 불이 나도록 화살을 쏘아대자 적들이 사다리를 진 채 쓰러져갔다. 적들은 여러 개의 사다리를 들고 동시에 달려와 성벽에 걸었는데, 일곱 개가 걸리고 세 개는 중간에 쓰러졌다. 송 부사가 소리쳤다.

"사다리를 쳐내라! 철퇴와 창을 이용하라!"

철환과 화살이 빗발쳤다. 아군은 쓰러졌고 철퇴와 창은 성벽 밖으로 떨어졌다.

"화전, 장군전, 승자총통 모두 사용하라!"

불화살, 쇠살, 편전, 장궁 화살을 수백 개 쏘아보내면 적의 화살 수만 개가 촘촘하게 날아왔다. 장수들과 궁수들, 정예병들은 화살과 철환에 속속 쓰러져갔다. 적들이 성벽을 타기 시작했다. 사다리를 밀어내던 아군의 투구가 철환에 날아갔다.

적장 고니시 유키나가는 조총의 엄호로 보병들이 순조롭게 사다리를 타고 오르는 것을 보고 곧 성문이 열릴 것으로 계산했고 마병들 또한 짓쳐들어가기 위해 전열을 가다듬었다. 바로 그때였다. 성벽 여기저기서 치마를 걷어올린 여자들이 허연 고쟁이를 펄럭이며 성턱에 올라섰다.

기병 1 : 저, 저건 또 뭐야?

기병 2 : 여자 허수아비다!

여자들이 돌멩이로 사다리에 오르는 군사들을 쳐내기 시작했다.

기병 3 : 허수아비 아니다! 여자 군사다!

군　장 : 쏴라!

여인들이 화살과 조총을 맞고 쓰러져갔고 쓰러지면 다른 여성이 올라서서 사다리를 타는 군사에게 돌멩이를 던져 기어이 떨어뜨렸다. 또 한 여인이 쓰러지자 지시만 하던 줄이 엄마 매월이 그 돌멩이를 집어 적의 머리를 내려쳤다. 관기들이 거의 모두 쓰러지자 성내 부인들이 관기들의 시신을 끌어내리고 자신들이 그 자리에 섰다. 적들이 공격을 멈추고 쉬는 시간을 선포했다.

군영에는 300구가 넘는 시신이 눕혀졌다. 거의 총상이었고 부상자들은 그보다 많았다. 의원들이 상처에 된장과 약초를 붙이면 부인들이 광목천으로 묶어주었다. 가볍게 다친 병사는 광목천 위에 옷을 걸치고 다시 전투장으로 나갔다. 철환이 관통한 병사가 한구석에서 숨을 헐떡였다. 가망이 없었는데도 의원이 옷을 벗겨 된장을 붙여주자 병사는 의원를 바라보면서 숨을 거두었다. 병사의 눈을 감겨주는 의원의 눈꼬리에서 눈물이 밀려나왔다. 그의 조카였다. 부인들이 병사의 시신을 사망자 쪽으로 옮겨갔다. 이를 악물고 있는 그녀들의 얼굴이 분노로 일그러졌다.

기열은 서생과 함께 단검이 든 망태기를 들고 서원으로 갔다. 서원 마당에서 기다리고 있던 노개방 교수와 유생 30여 명이 기열이 가져온 단검 하나씩을 집어들었다. 동쪽에 있던 해가 서쪽으로 기울었고 6시간째 성문은 그런대로 지켜지고 있었다.

　적장 고니시 유키나가는 숱한 전투장을 다녀보았지만 이런 싸움은 처음이었다. 쉽게 함락할 것으로 믿었던 동래성이. 무사도 아닌 목민관이 여인들까지 동원해 필사적으로 버티고 있다니 이럴 경우 어떤 전술을 펼쳐야 하는가. 이곳을 뚫지 못하면 한양으로 가는 길이 막힐 터였다. 한마디로 조선 지배가 실패할 수도 있었다. 그런 일은 절대로 있어서는 안 되었다! 그는 성루를 쏘아보았다. 성루의 조선군들이 단 한 사람의 전사자도 없다는 듯 어깨를 빳빳이 세우고 똑바로 서 있었다.

　'어서 한양으로 가야 한다. 도요토미 관백님께서 나에게 선두를 맡긴 까닭은 내 손으로 조선 왕을 끌어내려 관백님의 신하로 만들어달라는 뜻이었다. 그 누구가 아닌 나의 손으로 조선을 굴복시키고 명나라로 향하는 길을 닦아달라는 지시였다.'

　그는 마쓰우라 시게노부를 불렀다.

　"당장 성문을 치고 듭시다. 어느 성문이 좋겠소?"

　"조선인들은 사람이 죽었을 때나 나쁜 일은 북문으로

나가게 합니다. 허술하다는 뜻이지요. 부산진성처럼 말입니다."

고니시 유키나가는 마병 둘을 불러 북문을 확인하고 오라고 지시했다. 그가 다섯 번쯤 해를 보고 있을 때 마병들이 돌아와 보고했다.

"북문이 부산진성 같지 않았습니다. 아예 큰 돌로 봉해진 것 같았습니다."

"서문은?"

"장수들이 빼곡하게 서 있어서 접근 자체가 쉽지 않았습니다."

"동문은 어떻던가?"

"철통같았습니다."

그때 오무라 요시아키가 나섰다.

"이른 새벽 탐망꾼이 돌아본 정보에 따르면 동문에서 북쪽으로 조금 올라가면 문 하나가 있다고 했습니다. 성루는 없고 좁은 문만 두 짝이라는데, 무슨 용도의 문인지는 알 수 없었지만 치고 들기엔 수월할 것입니다."

좁은 문이라면 많은 군사가 들어가기에는 너무 협소하다. 그러나 지체할 시간이 없다. 머지않아 해가 떨어질 것인데 입성부터 하자면 어느 문이든 우선 뚫어야 한다.

고니시 유키나가가 명령을 내렸다.

"동·서·남 성문에 군사 5000명씩 배치한다! 도착한 군사들은 즉시 그 성문을 공격한다! 그렇게 관심을 끄는 사이 오무라 장군은 작은 문으로 침투해서 안에서 성문을 연다! 출발!"

적들의 움직임에도 송 부사는 크게 걱정하지 않았다. 동문과 서문은 내로라하는 조선 명장들이, 정문은 조영규와 명장 송봉수가 있었다. 동문에서 싸움이 시작되는 순간이었다. 전달음이 다급하게 넘어왔다.

"인생문이다! 적들이 그쪽으로 향한다!"

송 부사는 절망했다. 그 문은 백성들이 이용하는 생활문이었다. 성 밖에 있는 논이나 밭에서 곡식을 거두어들이고 옹기가마와 장터로 드나드는 곳이라 샅짝이나 뒷문처럼 작고 허술해 신경쓰지 못했다. 적들이 동문을 지났다면 인생문은 곧 열릴 것이었다. 홍윤관이 아뢰었다.

"시간이 좀 있습니다. 인생문도 북문처럼 막을 생각이었는데, 돌이 모자라 중단했습니다. 그 돌을 치우기 전에 우리 군이 도착하면 됩니다."

송 부사가 송봉수·곽재우 장수에게 군사를 이끌고 즉각 인생문으로 갈 것, 동문과 서문 장수들은 자리를 뜨지 말고 적들과 대적할 것을 지시했다.

두 장수가 인생문에 도착했다. 군사 700명과 함께였다. 송봉수가 전면을, 곽재우가 후면을 지휘했다. 창·검·단궁 부대를 전열에 도열시키고 있을 때 인생문 문짝이 뜯겨나갔다. 적들의 얼굴이 드러나자 일제히 단궁을 쏘았다. 적들이 얼굴을 감추고 돌을 들어내기 시작하자 송봉수가 전술을 바꾸어 검과 창, 철퇴 부대를 인생문 양옆으로 도열시켰고 승자총통, 편전, 장궁 등은 멀찍이 배치했다. 돌이 다 치워졌을 때 적들이 홍수처럼 밀려들었다. 앞에 도열했던 아군들이 적군을 몇 명 처치하지도 못했는데 적들의 인파에 떠밀리고 말았다. 하나의 물줄기로 들어온 적들은 삽시에 거대 폭포로 변해 아군을 포위했다. 아군은 우리에 갇힌 짐승들처럼 도륙당하기 시작했다. 1만 명 대 700명, 아주 짧은 시간에 조선의 명장 셋과 군사 700명이 전몰했다.

동문 밖이었다. 적들이 망대와 성벽 주위를 둥글게 에워싸고 사다리를 걸었다. 성턱과 망대에 배를 깔고 기다리던 장교들이 올라오는 적들을 단도로 찔러 떨어뜨렸다. 적들은 당황했다. 조총과 화살을 날려보았지만 맞는 대상이 없었는데, 성루와 성턱에서 화살과 불화살이 날아와 마병들과 지휘자들 가슴을 뚫었다. 전투복에 불이 붙어 말이 길길이 날뛰자 적장이 "모두 성벽에 붙어라"라고 소리쳤다. 적들이 성벽으로 달려왔다. 이언성이 "문이다! 문을 막아라"라고 명령했다.

그때였다. 인생문 쪽에서 적군들이 밀려왔다. 후열에

있던 창부대가 적들을 맞으며 단검부터 날리고 철퇴를 휘둘렀으나 적들이 먼저 조여들면서 백병전에 돌입했다. 검과 창 부딪는 소리가 귀청을 찔렀고 핏방울이 사방에서 튀었다. 적들은 앞에서, 옆에서, 뒤에서 아군들을 찔러댔고 아군들은 피를 쏟으면서도 목이 달아날 때까지 싸웠으나 상황은 점점 악화되었다. 바로 그때 김수가 말탄 장수들을 이끌고 무리지어 달려왔다. 장수들은 적진으로 뛰어들어 갈고리창으로 마병들을 끌어내리거나 월도로 목을 날렸다. 뒤따라온 군사들이 싸움에 합세하면서 적들의 시체가 쌓여갔다. 전세가 역전되고 있었다. 오무라 요시아키의 군사는 이쪽으로 다 오지도 않았다. 5대 1 정도라 해도 이곳은 안마당, 유리할 수도 있었다. 그런데 그때 또 적들이 밀어닥쳤다. 동문을 포기하고 인생문으로 들어온 군사 5000명이었다. 마병들이 조총으로 말탄 장수들을 쏘았다. 장수들은 말에서 떨어지고 말들은 놀라서 달아났다. 다시 백병전이었다. 적들은 여럿이서 아군을 한 사람씩 조이면서 학살했다. 아군들은 빠르게 죽어갔고 시신이 쌓이면 적들이 아군을 빈자리로 몰아가며 찌르고 죽였다. 아군들은 얼마 남지 않았고 적들은 그들을 성벽 쪽으로 몰아가며 잔인하게 찔러댔다. 아군이 가진 철퇴를 빼앗아 아군의 머리를 치는 적군도 있었다. 검에 찔린 한 장교가 피를 흘리면서도 적의 칼날을 잡아당겨 빼앗고 있었는데, 그 옆의 적이 장교의 목을 쳤으며, 이언성*이 뒤에서 그 적군을 찔렀다. 남은 사람은 이제 이언성 혼자였다. 그는 동문에 등을 붙였다. 건재한 것은 그 문 하나였다. 적들이 열지 못한 것이었다.

"전하, 이 문 하나는 지켜냈습니다."

자결하려고 검을 쳐드는 순간 화살이 날아와 그의 검을 떨어뜨렸고 적이 덤벼들어 그를 체포했다.

서문이 함락되었다. 장창, 십자창을 든 적군들이 벌떼처럼 밀려들며 혈전이 벌어졌고 장수 김희수와 전응수가 안간힘을 썼지만 얼마 가지 않아 모두 주저앉았다.

남문이었다. 사다리부대를 대비한 성척 군사와 성문 사수 군이 숨을 죽인 채 적들과 대치하고 있었다. 성문은 맨 앞쪽에 단검과 창 부대, 맨 뒤쪽에는 승자총통과 편전(포물선을 그리며 멀리 날아가는 화살), 장궁 부대를 배치해 원거리 공격까지 준비했다. 성문이 덜컹거렸다. 버티는 데 온 힘을 주고 있을 때 뒤에서 적의 말 50여 두가 달려왔다. 홍윤관이 장수들에게 전열과 후열 자리를 바꾸라고 명령했다. 철퇴·검·월도 부대가 자리잡기도 전에

● 이언성은 포로가 되어 강화에서 환송되었다(동래성전투 기록).

마병들이 달려와 후열 부대를 짓밟았다.

"마병을 에워싸라!"

아군들이 재빨리 원을 만들어 마병부대를 가두듯 에워쌌다. 말들이 울어대었고 마병들은 이쪽저쪽에서 십자창을 겨누고 아군 쪽으로 돌격했으나 아군들이 던진 단검에 말이 자빠지면서 함께 넘어진 마병들은 아군의 월도에 목이 꿰었다. 마병과 보병의 육탄전이었다. 적들은 말을 몰고 다니며 창이나 긴 검을 휘둘렀고 아군은 그들을 향해 투창을 날렸다. 적들은 원을 무너뜨리려고 대열을 지어 한꺼번에 돌격해왔다. 아군이 그 돌격에 집중하고 있을 때 성문이 열리면서 적군들이 벌떼처럼 쏟아져 들어왔다. 설상가상으로 서문을 친 적군들까지 합세하면서 성문 사수 부대 또한 그렇게 무너지고 말았다.

서원이었다. 300여 명의 적이 서원을 포위했다. 30여 명의 유생이 적들을 향해 둥글게 원을 지었고 노개방이 단검을 힘주어 잡으며 우리 모두 한 사람이라도 죽이고 죽어야 한다고 말했다.

문덕겸 : 전 둘을 죽일 겁니더.

양조한 : 우린 단검밖에 없심니더. 가까이 올 때 그때
　　　　 찔러야 합니더.

적들이 바짝 조여들었다. 유생들은 등을 맞대고 빙글빙글 돌았다. 노개방이 다가드는 적을 향해 단도를 던

졌다. 적중했고 적이 쓰러졌다. 적들이 단번에 뛰어들며 유생들을 난도질했다. 상황은 순식간에 끝났다. 적군 사망 한 명, 유생들 전멸. 뭐 이런 개떡 같은 전투가 다 있는가.

동헌 앞이었다. 조영규가 동헌 사수 부대를 지휘하고 있었다. 조영규가 명령했다.

"적을 죽이기 전에는 절대로 죽지 마라!"

적군들이 조여왔다. 마병들도 함께였다. 아군들의 눈에 불길이 타올랐다. 한 놈이라도 죽여야 했다. 아군들이 맹렬하게 철퇴를 휘둘렀다. 적들이 주춤주춤 물러났다. 조영규가 소리쳤다.

"적들이 겁을 먹었다. 전진하라!"

아군들은 철퇴와 창을 휘두르며 전진했고 적의 마병들은 장창을 겨누며 돌진해왔다. 아군들이 던진 투창에 적병의 말 두 마리가 쓰러졌다. 아군이 달려가 말에서 떨어진 적병을 찌를 때 적병이 겸창으로 아군의 목을 꿰었다. 여러 마리의 말이 한꺼번에 짓쳐들어왔다. 철퇴와 장검, 월도로는 움직이는 말과 마병을 쳐낼 수가 없었다. 철퇴병이 짓밟힐 때 조영규는 갈고리창으로 그 마병을 끌어내렸다. 다른 마병이 십자창으로 조영규의 갈고리창을 쳐냈다. 조영규는 투구를 벗어던지고 돌을 집어 자신이 끌어내린 마병을 찍어 죽였고 그때 한 마병이 조영규의 목을 쳤다. 아군들이 소리를 지르면서 적군을 향해 돌진했다. 아군들의 머리가 낙엽처럼 떨어져갔다.* 살아남은 아군은 단 한 사람도 없었다.

객사관 앞이었다. 동래부사 송상현은 남은 장수들을 긴급 소집했다. 참가 장수 30명 중에서 생존자는 다섯 명뿐이었다.

송상현 : 그대들은 후일을 도모해야 하니 각자 자기
　　　　진영으로 돌아가시오.
장수 1 : 오늘 우리의 진영은 이곳입니다. 여긴 우리에
　　　　게 맡기고 부사님께서 어서 떠나십시오.
장수 2 : 어서 떠나십시오.
송상현 : 성주가 자기 성을 두고 어디로 간단 말이오.
장수 3 : 마병들이 오고 있습니다! 우리가 막을 테니
　　　　부사님은 피하십시오.

겸인, 관노, 사노, 한씨, 기열 등 측근들이 멀찌기 서서 송 부사를 바라보고 있었다. 송 부사는 손을 들어 한씨를 불렀다.

"가서 조복을 가져오시게."

관노가 객사관 앞에 초석을 깔았고 송 부사는 갑옷 위

---

* 사람의 머리가 광풍의 낙엽처럼 떨어져갔다(동래성전투 기록).

에 한씨가 가져온 조복을 겹쳐 입었다. 송 부사가 임금님이 있는 한양을 향해 네 번 절을 올리고 조복을 벗을 때 마쓰우라 시게노부가 달려왔다.

"부사, 어서 피하십시오!"

그는 조선을 드나들던 통신사로 작년에 송 부사가 깎듯이 대접해 보낸 인물이었다. 송 부사가 부르르 떨며 소리쳤다.

"마쓰우라 이노옴! 이게 무슨 짓이냐! 우리는 너희를 후대했건만 이게 보답이더냐?"

적군 하나가 칼을 휘두르며 달려왔으나 송 부사가 장검을 뽑아 먼저 그놈을 처리했다. 여러 명의 적이 동시에 달려들었고 송 부사가 또 한 명을 베고 있을 때 저만치서 마병이 조총을 겨누었다. 기열이 그것을 목격하고 송 부사를 향해 달려갔고 출이가 또 기열을 보고 달려갔다. 기열이 송 부사 가까이 다가들 때 적이 송 부사의 목을 벴고 그 순간 출이가 기열의 등을 밀었다. 그때 철환이 날아와 출이의 몸을 관통했다. 기열은 넘어졌고 총 맞은 출이는 기열 등을 타고 쓰러졌다. 한씨는 펄쩍펄쩍 뛰면서 적들에게 달려들었고 적들에게 끌려가면서 큰 소리로 악담하면서 적들 얼굴에 침을 뱉었다. 적들이 겸인, 관노, 사노 등을 남김없이 살육하고 있을 때 고니시 유키나가가 말을 타고 달려왔다.

"멈추어라!"

송 부사를 살리려고 마쓰우라 시게노부가 고니시 유키나가를 불렀지만 이미 늦었다. 고니시 유키나가는 말에서 내려 떨어져 있는 송 부사의 머리를 내려다보았다. 그는 고개를 들어 군사들에게 물었다.

"여기 성주의 목을 친 자가 누구냐?"

장교가 앞으로 나서며 자기가 벴다고 알렸다.

"가까이 오라."

수장의 목을 벤 장교는 칭찬을 기대하고 기쁜 얼굴로 다가갔는데 고니시 유키나가는 검을 빼서 그 장교의 목을 쳤다. 적군들은 떨어진 장교의 목을 보고 경악하거나 고개를 돌렸다.

"내일 해가 뜨면 성주의 예를 갖춰 성 앞에 묻어주어라!"

모두 자리를 뜨고 마쓰우라 시게노부만 남았다. 그는 투구를 벗어 가슴에 안고 송 부사의 시신을 향해 묵념했다.

"송 부사, 내가 당신에 대한 정보를 수집했다는 것 모르지요? 당신이 이곳으로 좌천된 까닭이 당파에 휩쓸리지 않았다는 것, 서자와 적자의 차별 법도를 무시했다는 것, 그런 사실들이 약점인 줄 알고 한때는 당신을 회유하려고도 했지요. 올곧은 성품과 깊은 애국심, 그게 바로 당신이었다는 것을 오늘 이렇게 몸으로 증명하셨구려. 잘 가시오. 송 부사……."

군영 안에도 시신들이 쌓였고 한쪽에 여성 사상자들이 나란히 눕혀져 있었다. 관기 15명은 전멸했고 부녀자들 시신도 늘비했다. 부상자들 사이에 누워 죽어가던 관기가 눈을 뜨고 누군가를 부르다가 숨을 거두었다.

해가 서산에 걸려 있었다. 취병장에는 하급 장교와 군관들이 살아남은 병사들을 수습했다. 약 200명이었다. 장교가 군사들에게 말했다.

"부사도, 장수들도, 병사들도 거의 순절했다. 모든 분이 끝까지 적을 치면서 전사하셨다. 우리가 마지막 차례다. 살고 싶은 사람은 지금 떠나라."

아무도 떠나지 않았다.

"자, 그럼 우린 저승에서 만나자!"

모두 취병장 밖으로 나갔다. 저만치서 적들이 둘러앉아 쉬고 있었다. 공격하라고 외치기도 전에 병사들이 적진을 향해 달려갔다. 적들이 무기를 들고 일어나자 군관이 소리쳤다.

"멈추고 원을 만들라!"

적들이 원 외곽을 둘러쌌다. 군관이 다시 외쳤다.

"가까이 오면 먼저 돌격하라. 마지막 명령이다!"

몇 명이 적군을 찌르는 데 성공했지만 결국 모두가 한

자리에서 겹겹이 쓰러져 순절했고 땅이 피로 흥건하게 물들었다. 적들이 손을 털면서 민가 쪽으로 몰려갔다. 그리고 그 즉시 민가 소탕전이 시작되었다.

초가집 거리였다. 적들은 마을 초입부터 불을 질렀다. 노인들, 아이들 모두 각자 식칼과 낫, 곡괭이를 들었고 할머니들은 호미를 들고 적들을 마주했다. 적들이 히죽거리며 다가들었다. 열 살짜리 소년이 식칼을 들고 달려가자 적들이 단숨에 베어버렸다. 노인과 중늙은이들도 달려갔다. 단 한 사람만이 적의 허벅지를 찍었고 그와 동시에 살해당했다. 적들은 남은 백성들을 집 안으로 몰아넣고 불을 질렀다. 집집마다 불을 질렀고 어린아이들이 울면서 뛰쳐나오자 그 어린 목을 베면서 이런 목이라면 단칼에 100개도 날리겠다고* 지껄이며 피와 기름이 묻은 칼을 아이들 옷에 닦았다.

기와집 거리였다. 적들은 짝을 지어 집 안을 뒤져가며 약탈했다. 한 대갓집에서는 적군 둘이서 안방 경대 서랍을 뒤져 옥가락지, 노리개, 호박, 비취 등 패물을 챙겼다. 그들은 나가면서 벌벌 떨고 있는 며느리와 시모의 은비녀를 뽑고 칼로 등을 찍어 죽였다. 외딴집에는 적병 혼자 들어가 숨어 있는 처녀를 끌어내 겁간을 시도했고 그때

• 해자에서 발굴된 5세 이하 아이 두개골이 여러 두였다(발굴팀 증언).

처녀 부친이 부엌칼을 들고 뛰어들어 놈의 등을 찍었다. 부녀는 이불을 꺼내 적병 시신을 둘둘 말아 방구석으로 밀어두고 헛간에 숨었다.

어느 집 지붕에서는 여인들이 적들에게 기왓장을 던졌고 적들은 그 집에 불을 질렀다. 여인들은 불붙은 채 바닥으로 떨어졌고 적들은 여인들을 짓이겨 죽였다.

김상은 조금 잘사는 평범한 선비였다. 그의 집은 골목 안쪽에 있었는데, 온 식구가 난리에 대비했다. 나이가 어린 소년과 소녀는 지붕에 올라가 기왓장을 걷어 사다리로 내려주었고, 김상의 처와 과년한 딸은 마당에서 기왓장을 뾰족하게 깨서 한옆에 쌓았으며, 김상은 마당 구석에서 숫돌에 칼을 갈고 있었다. 지붕에 있던 아들이 적한 놈이 오고 있다고 알려주었다. 적이 마당 안으로 들어와 기와를 깨는 모녀를 보고 뭐라고 소리치며 검을 쳐들었고 그 순간 김상이 달려가 적의 등을 찍었다. 적은 검을 떨어뜨렸고 김상이 그를 덮쳐 엎치락뒤치락할 때 처와 딸은 기와 조각으로 적의 얼굴과 목을 찍었다.• 그때 다른 적군들이 달려와 김상의 일가족을 몰살했다. 지붕에 있던 소년과 소녀는 아버지, 엄마를 부르며 내려오다가 죽임을 당했다.

• "그래도 적군 하나는 죽였으니 다행이지."(노모의 증언)

적군들은 포로로 잡힌 여인들을 마을 공마당에 모아 놓고 고개를 숙이라고 명령했다.* 여인들은 고개를 숙였고 적군들은 위에서 차례로 목을 쳤다. 덜 베어진 목에서 피가 솟구치자 적이 등짝을 차서 육신을 쓰러뜨렸다. 그날 전투에서의 마지막 살육이었다.

달이 밝았다. 남문에서 북쪽 끝까지 빈 곳 없이 시신이 널렸고 달빛이 그 시신들을 어루만졌다. 일그러진 얼굴, 팔이나 목이 없는 시신들, 참혹한 모습이었다.▲

루이스 프로이스 신부■는 군영 안으로 들어갔다. 시신이 늦가을 낙엽처럼 수북이 쌓였고◆ 한 의원은 치료 도중 죽임을 당한 듯 군사를 얼싸안고 있었다. 엎드려 있던 한 군사의 몸이 꿈틀거려 프로이스 신부가 몸을 뒤집어주자 곧 숨을 거두었다. 프로이스 신부는 묵주를 돌렸다. 부산진성전투도 이처럼 처참하지 않았다. 일본에 수십 년간 머물면서 도요토미 히데요시가 전국을 평정할

- 고개를 들거나 악다구니하는 여인은 두 번이나 내려쳤다(『서정일기』).
▲ 조선군 전사자 수는 5000여 명(민간인 사망자와 합친 수)이었다(루이스 프로이스).
■ 루이스 프로이스(Luís Fróis, 1532~1597)는 포르투갈 태생으로 1563년 일본에 도착했고 포교활동을 하던 중 임진왜란에 동행하게 되었다. 얼마 후 도요토미 히데요시에게 추방을 당했는데, 조선인들에게 동정심을 보인 것이 원인이 아니었나 추측한다. 그의 저서로 『일본사History of Japan』가 있다.
◆ 병사와 주민 약 5000명이 참수되었고 약 500명이 전시 노역을 위한 피로자(被虜者)로 끌려갔다(『서정일기』).

때도 목격했으나 이런 학살은 없었다. 전쟁은 본래 잔혹하다고 해도 성 백성 전체와 군사 전원이 참살당하는 일은 세상 어디에도 없을 터였다. 프로이스 신부는 묵주를 움켜쥐고 천천히 시신 더미 주위를 맴돌았다. 프로이스 신부가 웅얼거렸다.

"나는 지금 진혼 미사를 드리고 있습니다. 그런 행위는 허락되지 않아 이렇게 형식도 없이 미사를 드리는 것이오니 영령들이여, 용서하소서."

프로이스 신부가 기도문을 외면서 세 바퀴를 돌고 시신들을 향해 서서 기도했다.

"부활절이 끝나자마자 제가 이런 살상을 목격하고 있습니다. 주여, 이 죄 없는 백성들의 영혼을 잘 인도해주소서."

프로이스 신부가 군영에서 나와 서문 쪽으로 가는데, 달빛에 굴절되어 흐느적거리는 어떤 움직임이 보였다. 한 청년이 누군가를 업고 천천히 서문으로 나가고 있었다.

"주여! 생존자가 있사옵니다!"

프로이스 신부는 그 청년이 완전히 사라질 때까지 수호하듯이 지켜보았다.

기열은 객사관 조금 떨어진 곳에서 정신이 들었다.

'아버지, 아니 부사 나리께서는?'

고개를 들고 주위를 살펴보니 송 부사가 쓰러졌던 자리가 깨끗이 치워져 있었다. 기열이 몸을 일으키자 등을 누르고 있던 뭔가가 옆으로 떨어졌다. 달빛에 드러난 얼굴, 출이었다.

"출이야, 일어나!"

출이의 몸은 싸늘하게 식어 있었고 주위에는 피가 흥건했다. 기열은 죽은 출이를 업고 비틀거리며 서문으로 향했다. 사방에는 시신들이 널려 있었다. 기열은 시신들을 밟지 않으려고 애쓰며 천천히 걸어갔다. 서문은 열려 있었고 지키는 사람도 없었다. 멀리서 승리를 자축하는 적들의 떠들썩한 소리가 들려왔다. 기열이 서문을 빠져나갈 때 하늘에는 달무리가 달의 눈물처럼 얼룩져 있었다.

기열은 학암으로 갔다. 달이 호수에 내려와 기열을 마중했다. 기열은 출이를 내려놓고 그 옆에 쓰러져 잠들었다. 학들이 역사(役事)를 시작했다. 버들잎을 훑어다 출이의 몸과 기열의 팔뚝을 덮어주었다. 출이의 몸을 뚫고 기열의 팔뚝을 찢었던 그 철환 자리였다.

다음날 해질 무렵이었다. 석양이 길게 뻗어와 두 소년을 덮을 때 기열이 눈을 떴다. 학 무리가 노을 옷을 입고 그들 주위를 빙빙 돌면서 원무를 추고 있었다. 그 사이로 출이가 일깨우는 소리가 들려왔다.

"인마야, 학들이 어서 일어나라 안 카나!"

기열이 벌떡 몸을 일으켰다.

終(끝)

 이 책은 군사와 백성 모두가 순절한 역사상 가장 처참했던 동래성전투에 대한 기록서다. 350년에서 360년 전의 기록을 번역, 정리해 다시 책으로 엮은 까닭은 우리가 발 딛고 사는 이 땅의 역사를 새롭게 기억하자는 뜻이다.

송기열 선조로부터 11대손 송판술

14

선원장이 조계사 계단 앞에 서 있다. 동규는 걸음을 늦춘다. 무슨 말을 먼저 해야 할지 서두를 정하지 못했다. "기열이란 분이 그분 선조님인가요? 그분에 대한 이야기를 읽고 감동했습니다." 그 말은 좀 느닷없을 수도 있다. "그분에게 먼저 사과하고 싶습니다. 모신 곳이 어디인지요?"

동규의 입에서 엉뚱한 말이 먼저 튀어나간다.

"마침 점심때인데, 어디 가서 식사부터 할까요? 제가 사겠습니다."

선원장이 웃지도 않고 점심은 자기가 대접한다고 말한 후 지나가는 택시를 잡는다.

"정릉으로 가주세요."

택시가 한참 달리도록 선원장은 말이 없다. 매우 어색해 동규가 먼저 보고한다.

"김학기씨를 만났습니다. 정확히 말씀드리자면 권번에서 그분 계신 곳을 알려주어 제가 찾아뵀습니다."

"그분은 잘 계시던가요?"

"네, 그분에게 상세한 얘기를 들었습니다."

선원장은 무슨 이야기를 들었느냐고 묻는 대신 창밖으로 고개만 돌린다. 표정이 밝지 않다. 무슨 변수가 생겼나? 그 변수란 것이 돈인가? 액수인가? 액수 정도라면 깎아줄 수도 있다. 동규는 책을 읽었을 때도 잠깐 그런 생각을 했다. 훌륭한 선조를 두신 분이더군요. 그런 분 후손이니 절반쯤은 깎아드릴 수 있어요. 마련된 액수가 얼마인지는 모르겠지만요.

택시가 미아리고개를 넘어 왼쪽으로 꺾인다. 그쪽에 정릉이 있다는 것은 전에도 알고 있었지만 한 번도 가본 적이 없었다. 한데 정릉에는 왜 가는 거지? 아는 사람의 식당이 거기 있나? 동규는 하품을 삼킨다. 책을 읽느라고 어젯밤 잠을 자지 못했다. 부피는 얇았지만 두 번 읽고 또 그만큼 생각이 이어져 눈이 감기지 않았다. 교도소의 교양시간에 책이나 문학 강의를 기피한 것은 읽어오라는 숙제가 싫었던 때문이었는데, 송상현의 죽음 장면은 세 번이나 되풀이해서 읽었다. 기열과 출이의 우정은 청량제 같았고 조영규 군수 대목에는 역사 공부를 해보고 싶다는 생각도 했다. 선원장이 그 여자, 아니 송다연 선조에 대해 묻는다면 막힘없이 대답할 수 있을 것 같았는데, 아직은 물어볼 기색이 없다.

택시가 아파트 앞에 선다. 식당이 아파트에도 있나? 생소해서 주위를 돌아보고 있자 선원장이 앞서서 계단을 올라간다. 207호 문을 열쇠로 여는 것이 자기 집인 것 같다.

"들어오세요."

그녀는 소파에 바랑을 벗어놓고 주방으로 가서 찌개 냄비를 가스레인지에 올린다. 이건 무슨 뜻이지? 식사 준비까지 해두었다면 나와 함께 살자는 것인가? 자기는 파계할 테니 나에게 남겨진 그 돈으로 살림을 차리자? 이 여자 나이가 대체 몇이라는 거야?

"먹지요. 출소한 날 두부를 못 사가서 두부찌개를 끓였어요."

나물과 버섯, 굴비에 달걀찜까지 있다. 스님이 이런 것도 장만했다? 이거 정말 수상해지는데? 선원장이 굴비와 달걀찜을 동규 앞으로 밀어놓는다. 한데 질문은 언제 하는 거지? 돈 이야기는? 함께 살자고 해도 계산은 먼저 해야 하는 거야. 선원장이 먼저 수저를 든다. 밥 먹는 속도가 너무 느리다. 이런 행동은 또 뭐지? 나에게 여성스러움을 보이겠다는 건가? 여자야, 계산부터 먼저 하자니까. 밥그릇을 반쯤 비운 동규가 그만 수저를 내려놓는다.

"질문하신다는 것, 시작하지요. 저도 가봐야 할 데가 있고……."

"밥 더 들어요, 두부도요."

은근히 명령조다. 동규는 마음이 급해져 뒤집히는 것 같다. 여자야, 내 돈이 얼마야? 그것부터 알고 싶단 말이야. 동규가 대답한다.

"입맛이 없어요."

"그럼 소파에 가서 기다리세요."

소파가 TV 쪽으로 향해 있다. 함께 살자고 모두 새로 장만해둔 게 틀림없다. 당장 여자가 없으니 여승과 살아? 스님이 돈이 탐나서 이러지는 않을 테고……. 선원장이 식탁 의자를 들고 와서 앞에 앉는다.

"이게 열쇠예요."

"열쇠가 왜요?"

"이 아파트 다연 보살이 동규씨를 위해 마련해둔 거예요. 살림살이, 전화 모두 그분 뜻으로 장만한 거고요."

이건 또 무슨 상황?

"아파트 명의도 동규씨 앞으로 되어 있어요. 동사무소를 방문하세요. 주민등록증을 발급받을 수 있을 거예요."

동규는 새 아파트가 마음에 든다. 하지만 자신에게 필요한 것은 돈, 현금이다.

"그럼 돈은?"

선원장이 바랑에서 통장과 도장을 꺼내준다. 예금된 돈 전액이 100만 원이다. 동규는 사색이 되어 거칠게 묻는다.

"아파트는 내가 팔 수 있지요?"

"무슨 말이죠?"

"나, 전과자예요. 100만 원으로 죽을 때까지 살 수는 없잖아요?"

"그 통장으로 달마다 100만 원씩 입금돼요. 그 돈이면 먹고사는 데는 지장이 없어요. 가정을 꾸리면 200만 원씩 입금될 거고요."

"누가 이런 식으로 나누었고 또 누가 매달 보내준다는 겁니까?"

"은행에서요. 당신의 돈은 은행에서 관리해요. 다연 보살이 그렇게 조치해둔 거지요."

너무 갑작스러워 혼란스러웠지만 조건이 아주 나쁜 것 같지는 않다. 하지만 뭔가 마뜩지 않다. 그것이 뭔지 찾고 있는데, 선원장이 몸을 일으킨다.

"혼자서 밥해 먹을 수 있지요? 돈, 아껴서 쓰세요."

선원장이 떠났다. 질문 따위는 한마디도 없었다. 동규는 정신을 가다듬고 집 안을 둘러본다. 장롱과 이부자리, 부엌에는 밥통과 그릇들, 칼도마, 쌀까지 준비되어 있고 냉장고 안에는 밑반찬도 그득하다. 거실로 나가 TV대 서랍을 열어본다. 손바닥만한 플라스틱 명패가 있다. 진동규, 원하면 아파트 문에 붙여도 될 것이라는 쪽지도 있다. 동규는 낯설고 의심스러워 거듭 심호흡한다.

15

선원장은 먼 길 채비하고 법당으로 들어와 유골함을 꺼낸다. 함을 보자기에 싸는데 다연 언니가 확인을 요청한다.

"너, 내 당부대로 했지?"

"내가 사실을 밝혔다면 언니는 저승에서도 펄쩍 뛰었겠죠?"

"비밀로 묻어둔 것, 맞지?"

"참느라 애먹었어요. 근데 마음이 영 개운치가 않아요. 천륜을 숨기는 것이 과연 옳은 일인가."

"천륜보다도 중요한 건 동규 인생이야. 그 앤 제대로 살아본 적이 없잖니. 정상적인 사람들 사이에서 부대끼면서 자신을 가다듬을 시간이 없었어. 정신 연령은 아직 반항기야. 다시는 그 애 인생에 혼란이나 충격이 끼어들지 않았으면 해."

"하지만 적어도 언니한테 그 여자, 그 여자 하는 것은 고쳐야지요."

"너 그거 아니? 그 애의 거친 말투, 협박까지도 나에겐 행복이었다. 말린 개구리 같던 것이 죽지 않고 살아서 그렇게 큰소리를 치다니, 얼마나 고맙고 대견하니? 나에게 골목대장처럼 명령했을 때도 나는 눈물이 날 만큼 기뻤단다. 은실아, 내 소망은 오직 하나다. 그 애한테 진짜 인생을 주는 것, 가정을 만들고 잘 꾸리면서 보통 사람들처럼 화목하게 살아가는 것, 그것뿐이란다."

법당 밖에서 신도 박 보살이 일깨워준다.

"스님, 기차시간 늦겠어요."

"네, 나갑니다."

선원장은 유골함을 바랑에 넣으면서 속삭인다.

"기차에서 더 얘기하죠."

박 보살의 승용차에 오를 때 암자 마당으로 동규가 들어온다. 웬일이지? 받은 것에 만족할 수 없다는 건가? 선원장이 물어본다.

"아직도 용건이 남았어요?"

"그분에게 사과를 드리고 싶어서 왔습니다. 산소가 어딘지 가르쳐주시겠습니까?"

산소? 선원장은 부처님 조화 같아 가슴이 뭉클하다.

"우선 이 차를 타세요."

차가 출발한다. 설명할 수 없는 기분에 빠진 선원장이 동규에게 불쑥 박 보살을 소개한다.

"동규씨, 박 보살님은 사업가예요. 도자기업을 해요. 가마도 여럿이고."

선원장은 군이 밝힐 필요 없는 말까지 쏟아내고 있다.

"박 보살은 선행 지침을 가지고 있어요."

동규가 묻는다.

"선행이요?"

"여유시간은 반드시 남을 위해 사용한다'라는 말이 입에서 나가는데 박 보살이 끼어든다.

"운영 스님, 밖을 보세요. 저게 뭐죠?"

차창 밖에는 빈 들만 지나간다. 그만하라는 뜻이다. 선원장은 무릎 위의 유골함을 만지작거리며 속엣말을 한다. '동규도 선행을 본받아서 착하게 살라는 뜻이었으니 고까워하지 마세요.'

16

부산역에 도착했다. 선원장은 지금 어디로 가고 있는지 밝히지 않았으나 동규는 그 여인의 산소로 간다는 것은 짐작할 수 있었다. 고향이 부산이니 부산 어느 곳에 모셨을 것이다. 선원장이 앞서 내린다. 조그만 몸으로 큰 바랑을 멘 모습이 이제야 보인다. 동규가 등뒤에서 바랑을 잡는다.

"무거워 보이는데 제가 들지요."

선원장은 기다렸다는 듯이 바랑을 넘겨준다. 무게가 있는 것이 과일이나 음료수가 든 모양이다. 역에서 나온 선원장은 곧장 택시를 잡는다. 택시비는 내가 낼 것이다. 오늘 비용은 내가 다 댄다면 죽은 사람에게도 내 고마운 마음이 전달될 것이다.

"수영으로 가주세요."

수영에 도착할 때까지 선원장은 한마디도 하지 않는다. 동규도 물어볼 말이 생각나지 않아 그냥 입을 다물고 있다가 택시비를 지불한다. 먼저 내린 선원장이 보트 계류장으로 앞서간다. 미리 예약했는지 젊은 사내가 모터보트를 끌고 나오면서 타라고 한다. 보트를 탄다는 것이 예상 밖이었지만 동규는 묻지 않았다. 보트 기사가 일러준다.

"바닷바람이 찹니더. 목도리를 단단히 여미소."

부산의 이미지는 대체로 순하다는 것이었는데, 귓가로 스치는 바람은 칼날 같다. 동규는 선원장을 살펴본다. 누비 두루마기에 회색 털모자, 목도리, 조금 추워 보이지만 자신의 상의를 벗어주는 것도 어색한 일이라 동규는 앞만 바라본다. 보트가 달리기 시작한다. 산소가 어떤 곳에 있기에 보트까지 타야 하는 거지? 그 여인의 무덤이 어느 바닷가에 있나? 그런 일까지 챙겨주는 선원장과 여인은 무슨 관계일까? 여인이 무남독녀였다니 여승과 자매일 리는 없고 자가용으로 기차역까지 데려다준 신도처럼 그이도 해운사에 기부 좀 하면서 내 일을 부탁했을까? 아마 그랬을 것이다. 마땅한 친척도 없는 사람이 믿고 맡길 상대는 종교인밖에 없었을 테니까. 유람선이 저만치서 마주 오고 있다. 이 겨울에도 유람선을 운영한다는 것이 신기하다. 보트 기사가 손을 들어 어딘가를 가리킨다.

"저기가 오륙도입니더."

"태종대부터 먼저 들러주시겠어요?"

선원장이 부탁한다. 태종대? 태종대는 어디쯤이지? 보트가 태종대 절벽 아래쪽 해안에 선다. 선원장이 바랑은 거기 두고 자기를 따라오라고 하더니 비탈길을 올라 벼랑에 세워진 모자 조각상 옆으로 다가선다. 아이를 안은 여인, 모자 조각상을 쓰다듬던 선원장이 지나쳐온 오륙도를 가리킨다.

"저기 오륙도 보이죠?"

"예, 아까도 봤습니다."

"그 주위에 뿌려달라고 했어요."

"네?"

"그분의 유언이었어요. 동규씨와의 일이 마무리된 뒤 그때 뿌려달라고."

동규가 머뭇거리자 선원장이 덧붙여 말한다.

"나는 요즘 외출이 잦았더니 몸이 좀 힘드네요. 나 대신 동규씨가 뿌려주었으면 하는데……"

생애 최초로 만져본 뼛가루는 아버지 것이었고 두번째가 아버지의 정부?

동규는 기분이 조금 엉켰지만 거절할 수 없다.

"그렇게 하지요."

"오륙도를 빙빙 돌면서 뿌려드리세요. 그분이 그걸 원했어요."

선원장은 모래톱에 남아서 기다리겠다고 한다. 동규는 혼자 보트에 오른다. 수영만에서 올 때보다 바람이 조금 순해진 것 같다. 보트 기사가 바위들을 바라보며 설명한다.

"오늘은 육봉이 다 드러나 있네요."

보트 기사가 육봉을 보면 행운이라고 덧붙인다. 유골과 행운, 매우 어색한 조합이다. 보트가 다가가자 바위 위에 앉아 있던 갈매기들이 날아오른다. 보트 기사가 속력을 줄이고 동규는 바랑을 열어 유골함을 꺼내 보자기를 푼다. 향나무로 짠 상자 안에 도자기, 그 위에 장갑도 있다. 동규 아버지의 유골은 마분지에 담겨 있었다. 함께 살던 여자가 한사코 싫다고 해서 당일 광나루로 나가 혼자서 뿌렸다. 송다연, 한때는 연인이었을 두 사람의 마지막 모습이 이토록 다르다는 것에 기분이 묘했다. 보트가 선회를 시작한다. 동규는 한 줌씩 집어서 바닷물에 가만히 내려준다. 그날 광나루에는 바람이 심했고 강에 쏟아부은 뼛가루는 되돌아와 그의 얼굴을 휘덮기도 했다. 동규는 다시 또 한 줌을 내려놓는다. 바람이 부는데도 뼛가루가 스미듯 가라앉는다.

당신은 내 아버지의 희생자, 그럼에도 불구하고 나와의 약속을 이행하려고 최선을 다했다는 것 알아요. 그리고 고맙소. 당신의 과거를 알게 해준 것, 당신이 조건을 걸지 않았다면 당신이 그처럼 귀한 분이었다는 사실을 나는 평생 알지 못했을 거요. 보트가 두 바퀴째 선회한다. 당신이 만들어둔 내 앞날의 계획표, 어느 부분은 마음에 들었소. 그리고 생각했소. 당신에게서 받을 걸 다 받았으니 나도 이제는 당신이 빼앗아

간 나의 유년, 긴 불행의 기억들을 지워내야 할 것이라고. 한데 말이오. 자꾸만 이런 생각이 드는 거요. 용서는 간단하지가 않다. 용서하지 못하는 것과 고마움은 별개다. 그러다가 결론을 내렸소. 용서할 수 없음은 망각에 묻으면 된다. 나를 위해 그래야 한다. 왠지 아시오? 내 미래의 지도를 깨끗한 도면으로 시작하고 싶기 때문이오. 뭐라고요? 당신 또한 나에게 미안했지만 내 무례했던 행동들은 용서할 수가 없다고요? 그럼 이렇게 합시다. 나쁜 기억들은 우리 함께 망각의 숲으로 보내버립시다. 그리고 서로의 존재에 대해 깨끗이 잊어버립시다. 보트가 세 바퀴째 돌고 있다. 남은 한 줌까지 모두 보내준 뒤 작별인사를 한다.

"송다연씨, 잘 가시오."

손을 털고 고개를 들자 하늘은 온통 붉은색이다. 노을이다. 『동래성 순절도』의 마지막 장면, 학의 날개에 앉았던 붉은 노을, 그리고 순화교육 미술시간에 화가가 했던 말이 겹쳐진다. "노을은 천국의 색채입니다⋯⋯." 송다연씨, 저 노을이 당신을 마중나온 모양이오. 잘 가시오⋯⋯. 머릿속이 맑아진다. 이상하게 기분도 좋다. 보트 기사가 말한다.

"어때요, 저 노을 환상적이지요?"

"이렇게 멋진 노을은 난생처음입니다."

선원장을 태워 수영만으로 돌아간다. 온 세상이 노을이다. 책의 마지막 장면이 다시 떠오른다. 세상의 모든 학이 노을

옷을 입고 기열과 줄이를 위해 춤을 추었다. 아버지가 망치지 않았다면 송다연씨도 계속 춤을 추었겠지.

보트가 노을 속으로 빨려들듯이 질주해간다.

17

선원장은 어젯밤 동규와 함께 사찰로 왔다. 서울까지 보내기에는 너무 늦어 동규에게 다연 언니가 영면했던 그 자리에 이부자리를 깔아주었다. 동규가 어색해했으나 선원장은 그의 머릿속에 어떤 생각이 들었는지는 상관하지 않았다. 중요한 것은 그가 손수 자기 엄마를 보내주었다는 것, 또 엄마가 마지막을 보낸 그 방에서 자식으로 잠을 잔다는 것이었다. 이부자리를 펴주고 나와 하늘을 보니 달이 내려다보고 있었다. 선원장은 그 달이 다연 언니라 생각하고 보고했다.

"언니, 이만하면 훌륭한 마침표지요?"

동규는 아침 7시 30분까지 자고 있었다. 선원장은 문밖에서 노래하듯 동규를 불렀다.

"세수하고 식당으로 오세요."

식탁 끝자리에 겸상이 차려져 있다. 버섯, 콩나물, 취나물, 동치미, 짠지……. 제법 풍성하다. 아끼던 취나물은 동규를 위해 어젯밤 미리 불려두었다. 동규가 들어온다. 세수도 한 맑은 얼굴이다.

"이리 오세요."

동규는 동치미로 입을 축이고 버섯과 취나물 그릇을 단숨에 비워낸다. 사미니가 누룽지가 담긴 숭늉을 가져와 동규 앞에 놓아주자 그는 누룽지와 숭늉까지 남기지 않고 먹고 마신다. 선원장이 물어본다.

"절밥, 먹을 만하지요?"

"절밥은 맹탕일 줄 알았는데, 간도 맞는데요?"

그가 웃으며 대답한다. 처음으로 보여주는 미소다. 이가 가지런해 인상도 나쁘지 않다. 동규야, 너 아니? 네가 세상에 나올 때 누구 손을 거쳤는지? 그때 은실 엄마와 할머니가 받아낸 아이는 옥경 언니의 아들이라고 했다. 선원장이 또 묻는다.

"혼자서 생활하기에 적적할 텐데, 아는 사람은 있어요?"

"예, 몇 명……."

"믿을 만한 사람들인가요?"

그가 대답을 회피하고 버스시간을 묻는다.

"앞으로 1시간 뒤에 버스가 있어요. 9시 30분 버스죠."

동규가 몸을 일으킨다.

"미리 나가서 기다리겠습니다."

선원장은 확인하고 싶어 조바심이 난다. 너 간밤에 꿈꿨지? 네 엄마 만났지? 동규가 식당 여승들에게 인사하고 나간다. 선원장도 누비 두루마기를 찾아 걸치고 그의 뒤를 따라나선다.

"버스 정류장까지 바래다줄게요."

동규는 거절하지 않고 앞서간다. 언니, 동규가 지금 감사하고 있는 거지요? 언니 생각이 옳았어요. 진실을 알렸다면 감사의 마음이 아닌 고해부터 만났겠지요? 자식이 마음 편히 사는 것, 그것만이 소망이던 언니, 거의 보리살타였다는 것저도 이제야 깨닫네요. 나도 녀석을 위해 매일 축원할게요. 정류장에 도착한다. 기다리는 시간이 많은데도 동규는 입을 열지 않는다. 선원장이 먼저 말을 꺼낸다.

"식구는 언제쯤 생길까요?"

"……."

선원장은 박 보살 여동생을 떠올린다. 이혼하고 돌아왔다는 그 보살 여동생은 마흔세 살이라고 했다.

"오래 안 생기면 이리로 오세요. 참한 여성, 소개해줄 수 있어요."

동규는 이리저리 몸을 돌려가며 하늘을 바라볼 뿐 대답하지 않는다. 저만치서 버스가 오고 있다. 동규가 작별인사를 한다.

"다시 올게요."

동규가 탄 버스가 출발한다. 어젯밤에 꾼 꿈인지도 모르겠다. 어떤 환영이 버스 위를 덮는다. 컴컴한 바닷속에 그물이 있었다. 가시 그물이었다. 아기를 안은 인어가 그물에서 빠져나오려고 발버둥쳤다. 가시에 온몸이 찔려 피가 흘러도 멈추지 않았다. 인어는 하늘을 쳐다보았다. 한 줄기 햇살이 밧줄처럼 길에 드리워져왔다. 하지만 햇살 밧줄은 그물에 닿지 않았다. 인어는 입을 벌려 그물코를 물어뜯기 시작했다. 입이 찢겨 피가 철철 흘렀으나 인어는 쉬지 않고 물어뜯기만 했다. 온 얼굴이 찢겼을 때 마침내 그물코가 끊어졌고 인어는 품속 아기를 밖으로 내보냈다. 아기는 햇살 밧줄을 향해 헤엄쳐갔다. 햇살이 아기를 받아 안을 때 어미 인어는 조용히 숨을 거두었다.

버스가 아득하게 멀어지자 선원장은 천천히 등을 돌린다.

작가의 말

우리는 11세기부터 왜구의 침략과 약탈에 시달려왔습니다. 신라 문무왕 때부터 합산한다면 그 기간은 1300여 년이 됩니다. 임진왜란 때는 국토의 3분의 2가 짓밟혔고 100만 민족이 생명을 잃었으며 일제강점기 35년 동안에는 학살, 몰락, 사망, 전쟁 대용물, 위안부, 강제징용, 공출, 수탈과 착취 등 직간접 피해자가 거의 전 국민에 이르렀습니다.

식민지 기간에 이 땅에 와서 토지와 재산을 착복하고 살았던 일본인 수는 265만 명이며, 패전 후 돌아간 사람은 130만 명이고, 남은 135만 명은 이름과 신분, 국적까지 세탁하고 한국에 토착했는데, 지금 그 인구가 900만 명 정도로 늘어났다고 합니다.

그렇다면 현재 대한민국 상황은 어떨까요? 일본에 국가 기밀을 넘긴 사람이 정부 요직에 있고, 지난 총선 때는 일본을 찬양하고 독립운동사를 훼손하고 평화를 파괴한 10여 명이 당당하게 국회의원에 출마했습니다. 서울시의회에서는 욱일기 사용 제한 조례 폐지안을 발의했다가 철회한 일도 있고, 광복을 인정하지 않는 사람이 독립기념관장이 되었으며, 공영방송에서는 광복절에 기미가요를 내보내기도 했습니다. 부산의 어느 중학교에서는 광복절 전날 전교생에게 일제 미화 영상교육을 실시했고, 대한민국에 자리잡은 일본의 한 의류업체는 전쟁의 상징인 욱일기를 자사 제품에 지속적으로 사용했으며, 대전의 어느 아파트에서는 창에 욱일기를 걸고 자신이 내걸었다고 당당하게 공개한 이가 있는가 하면 부산의 한 아파트에서도 욱일기가 쌍으로 걸렸습니다. 이처럼 곳곳에서 일제 찬양 바람을 일으키는 이 모든 현상이 토착 세력의 준동과 무관할까요?

저는 유년기에 경주에서 부산 동래온천장으로 이사했고 그때 명기 향난이라는 어른의 집에서 셋방살이했습니다. 어릴 때부터 그 지역의 역사성, 특이성, 권번, 기생, 예인과 이웃하며 살았고 임진왜란 때 동래성 관기들이 돌멩이부대로 싸우다가 전멸한 이야기와 토착 일본인에 대한 이야기도 이곳에서 들었습니다.

이 소설은 동래온천장에 살던 예인이 토착 일본인의 그물에 걸려 청소년기를 짓밟히고 그녀가 낳은 아들이 밑바닥 세상으로 던져진 이야기입니다. 이 책에 나오는 무허가 소개소는 1970년도에 잠입 르포를 쓸 때 취재해둔 것이며 동래학춤에 대해서는 다른 해석을 참조한 것임을 밝혀둡니다.

친일과 일제가 준동하는 요즘, 여러분 심기는 어떠신지요?

2025년 새해 아침

윤정모

윤정모

1946년 출생. 부산 동래온천장에서 성장했다. 서라벌예대 문예창작과에 재학중이던 1968년 첫 장편소설『무늬져 부는 바람』을 출간하며 작품 활동을 시작했다. 작품으로는『에미 이름은 조센삐였다』『그리고 함성이 들렸다』『밤길』『님』『고삐』(전2권)『들』(전2권)『나비의 꿈』(전2권)『그들의 오후』『슬픈 아일랜드』『구야 삼촌』『전쟁과 소년』『봉선화가 필 무렵』『수메르』(전3권)『자기 앞의 생』『누나의 오월』『그곳에 엄마가 있었어』 등이 있다.
신동엽창작기금(신동엽문학상), 경기문학상, 단재문학상, 서라벌문학상을 수상했다.

가시 그물

초판 1쇄 인쇄 2025년 2월 16일
초판 1쇄 발행 2025년 2월 26일

지은이 윤정모

편집 박민영 정소리 | 디자인 윤종윤 이주영
마케팅 김선진 김다정 | 저작권 박지영 형소진 오서영 조경은
브랜딩 함유지 박민재 김희숙 이송이 박다솔 조다현 배진성 김하연 이준희
제작 강신은 김동욱 이순호 | 제작처 상지사

펴낸곳 (주)교유당 | 펴낸이 신정민
출판등록 2019년 5월 24일 제406-2019-000052호

주소 10881 경기도 파주시 회동길 210
문의전화 031.955.8891(마케팅), 031.955.2692(편집), 031.955.8855(팩스)
전자우편 gyoyudang@munhak.com

www.gyoyudang.com
인스타그램 @gyoyu_books | 트위터 @gyoyu_books | 페이스북 @gyoyubooks

ISBN 979-11-94523-20-8 03810